JN216074

NHK 100分 de 名著 ブックス

最期のことば

Mahāparinibbāna-suttanta

ブッダ

Buddha

佐々木 閑

NHK出版

はじめに——仏教という宗教の本質を説く経典

日本は今、少子高齢化や正規雇用率の低下など、解決すべき多くの問題を抱えています。全世界的に見ても、各地で凶悪な暴力事件や紛争が頻発し、心の重くなるニュースばかりが耳に入ってきます。これほど文明の進んだ二十一世紀の世の中で暮らしているのに、私たちの胸の内は暗い閉塞《へいそく》感で一杯です。こういった状況の中、今注目されているのが、「自分の力で自分の生き方を変えていこう」という自己鍛錬の重要性を説く原始仏教、すなわちブッダの教えです。

二千五百年前にブッダが生み出した仏教は、その後の歴史の中で様々に変化し、本来のブッダの教えとは全く違うことを主張する流派もたくさん現れました。日本の大乗仏教も仏教の一つですが、内容的にはブッダが最初に説いた教えとは、似ても似つかないものになっています。大乗の考え方は、どちらかと言うとキリスト教やイスラム教に近く、私たちの外に存在する大きな力に救いを求めるものです。それに対して原始仏教は、外界ではなく心の内側に目を向け、努力による自己改革を目指します。人知を超えた不思議な力に頼ろうとするのではなく、自分の心のあり方を変えていくことに救いを見いだす――という点で、原始仏教は合理的、論理的に物事を思考する現代人にもマッチする教えといってよいでしょう。

本書では、この原始仏教の教えの一つである『涅槃経《ねはんぎょう》』について語っていきますが、最初に言葉の説明をしておきましょう。まずブッダという名称ですが、この本では、釈《しゃ》迦《か》という実在した一人の人物を指します。大乗仏教の時代になると阿弥陀《あみだ》様とか薬師様とか様々なブッダが登場するのですが、原始仏教ではまだそういったブッダは現れていません。ブッダと言えば釈迦のことを意味しています。そのブッダの作ったオリジナルの仏教を一般には原始仏教と呼びますが、「原始」という言葉には「未熟な」という意味も入っているのであまり好ましくありません。そこで本書ではそれを、私の造語で「釈迦の仏教」と呼ぶことにします。ですから本書の目的は、『涅槃経』という、「釈迦の仏教」を代表する経典をとりあげて、ブッダの教えをご紹介していくことになります。

「100分de名著」ブックスでは以前、「釈迦の仏教」の代表的経典である『ダンマパダ(真理のことば)』をご紹介しましたが、今回は同じ「釈迦の仏教」に属する『マハーパリニッバーナ・スッタンタ』、日本では『涅槃経』と呼ばれているお経についてお話しします。『涅槃経』には、「釈迦の仏教」の流れを汲《く》む古い『涅槃経』と、大乗仏教で新たに作られた『涅槃経』の二種類があって、同じタイトルでありながら、書かれている内容は全く異なっています。このあと第1章から第4章では古いほうの『涅槃経』についてお話しし、最後の特別章で、古い『涅槃経』と新しい『涅槃経』の関係をご説明します。この本で主役となる古いほうの『涅槃経』は、日本の一般の人にはあまり馴染みのない経典ですが、タイやスリランカなどの南方仏教国では、今も基本経典の一つとして大変重要視されています。

このお経には、八十歳でこの世を去ることになったブッダの「最後の旅」の様子がストーリー仕立てで描かれています。旅先で起こった出来事や、旅の途中でブッダが弟子たちに残したメッセージ、ブッダの死を嘆き悲しむ弟子の様子、そしてお葬式の顚末《てんまつ》などが書かれていて、一般的には「ブッダを追慕する経典」と捉えられています。しかし私は、このお経には別の重要な意味が潜んでいると考えています。それは、ブッダが作り上げた独自の「組織論」です。仏教の本質を捉えながら読み解いていくと、このお経はブッダの死をノンフィクション風に綴《つづ》りながら、そのじつはブッダ亡き後の仏教僧団をどうやって維持・管理していけばよいのか、その基本理念を説いたものだということが新たに見えてくるのです。

仏教の組織論を語る経典などというと「私はお坊さんではないんだし、仏教の組織なんて興味ない」と思う方もいらっしゃるでしょう。しかし、ブッダが亡くなって二千五百年もの間、連綿と形を変えずに受け継がれてきた仏教僧団の仕組みや組織運営のノウハウを知ることは、仏教の教えの本当の意味を知ることにもつながっていきます。実を言えば仏教という宗教の本質は「生きがいを追求するための組織」なのです。

仏教のことを、祈ったり拝んだりして、外界の不思議なパワーで助けてもらう宗教だと思っておられる方は多いと思います。大乗仏教ならそれでいいのですが、「釈迦の仏教」は違います。ブッダの教えを守って堅実な生活を送りながら、煩悩《ぼんのう》を一つずつ消していって、一歩一歩悟りへと近づいていくのが仏教本来の目的です。仏教の本義は、教えの実践をベースとした「自己鍛錬システム」にあるのです。そのためブッダは、「サンガ」と呼ばれる自己鍛錬のための組織を作り、その中で暮らしながら煩悩を消すためのノウハウを説き残しました。それこそが「ブッダの教え」、つまり仏教なのです。したがって、本当の意味での仏教を知るためには、サンガのことも理解しておかねばなりません。

ブッダは最後の旅で、様々な言葉を弟子たちに残しています。それを組織論とつなげて読んでみることで新たな「気づき」が生まれます。いったいブッダはその最期になにを伝えようとしたのか——。一緒に紐《ひも》解いていくことにしましょう。

「ブッダ最後の旅」の道程

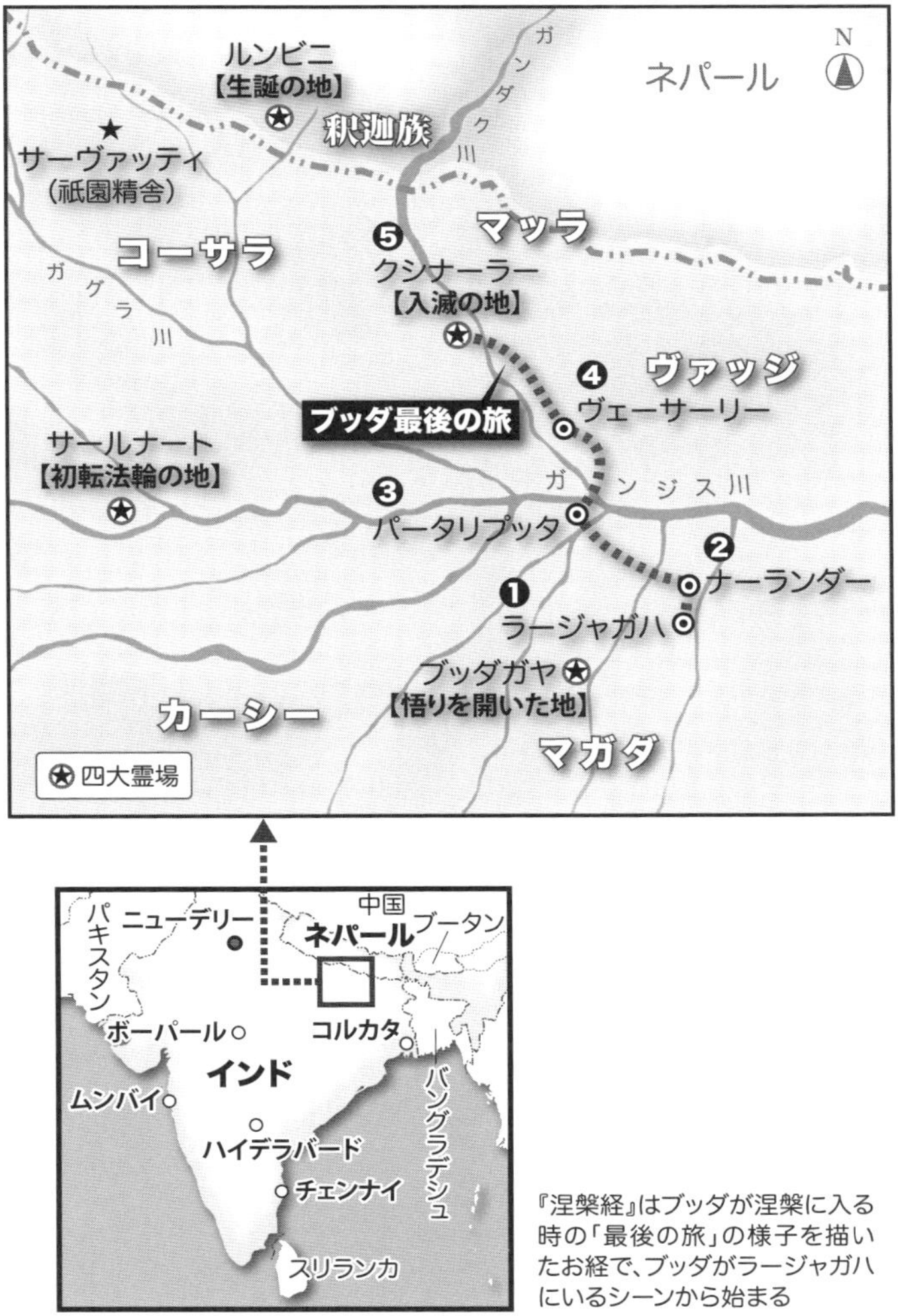

『涅槃経』はブッダが涅槃に入る時の「最後の旅」の様子を描いたお経で、ブッダがラージャガハにいるシーンから始まる

目次

※本書における『涅槃経』はじめ仏典からの引用部分は、著者の訳によります。

第1章——涅槃への旅立ち

口伝から文字へ、お経のはじまり

仏教の開祖ブッダ（呼び名は釈迦、釈尊《しやくそん》、釈迦牟尼《しやかむに》、ゴータマ・シッダッタなどありますが、今回は「ブッダ」で統一します）は、今から約二千五百年前にインド北部の王家に生まれました。幼い頃は王子として何不自由ない生活を送っていましたが、成長するにつれて、人間は「老いと病と死」の苦しみで悶《もだ》え続ける生き物であることを知り、二十九歳で新たな生き方を求めて出家します。

最初は断食などの苦行に没頭しましたが、いくら肉体を痛めつけても心の苦しみは消えないということに気づき、方向を転換して「心」の修行に励むようになります。そして三十五歳の時、菩提樹《ぼだいじゅ》*1の下で悟りを開き、その後は各地を旅しながら多くの人々に教えを説いてまわり、八十歳の時にクシナーラーという田舎の村で亡くなりました。

今回、数ある経典の中から名著としてご紹介するのは、そのブッダの最期の姿を描いた『涅槃経』（マハーパリニッバーナ・スッタンタ）という古いお経です。本書では、南方仏教国に二千年以上前から伝わるパーリ語*2の『涅槃経』を基本に解説しますが、同じ経典がパーリ語のほか、サンスクリット語*3や中国語、チベット語などでも残っています。またこの二十年くらいの間にアフガニスタンのバーミヤン渓谷*4で膨大な数のインド語仏教文献が発見されたのですが、その中からも、古代文字の一つ、カローシュティー文字[*5]で書かれた『涅槃経』の断片が見つかっています。日本語訳としては中村元《はじめ》[*6]訳の『ブッダ最後の旅』（岩波文庫）をはじめ、数冊の翻訳本が出版されているので、興味のある方は是非お読みください。

　ではまず、「お経」というものについて簡単に説明しておきましょう。ブッダは、悟りを開いてから亡くなるまでの間、各地を旅しながら様々な教えを説いてまわりました。とはいっても、決して全体としてまとまった一つの哲学や思想を語ったわけではありません。困っている人、悩んでいる人が訪ねてくると、その人の状況に合わせて個別に教えを説いたのです。つまり、人生相談のように時に応じて対面で説法したのです。したがって、本来のブッダの教えというものは、短い、断片的なものだったはずです。当時はまだ文字に書いて記録するという文化はありませんでしたので、そういったブッダの言葉は、聞いた人の記憶の中にだけ保存されていました。

　ですからブッダが亡くなって人々の記憶が失われてしまえば、その段階でブッダの教えも永遠にこの世から消滅してしまいます。それを恐れた弟子たちは、ブッダが亡くなるとすぐに皆で集まって、聞き覚えているブッダの言葉を、その場の全員で共有することにしました。伝説によると、アーナンダ（阿難《あなん》[*7]）というお弟子さんが一番たくさんブッダの言葉を覚えていたので、彼が五百人の仲間の前で自分の覚えているブッダの言葉を口に出して唱え、それを皆で一斉に記憶したということです。これによって、五百人の弟子が、同じブッダの言葉を頭の中に覚え込んだことになります。そして彼らはインド各地へと散らばっていき、それぞれに、口伝えの伝承で次の弟子、次の弟子へと教えを受け渡していきました。

やがてブッダの死後、三、四百年がたつと、文字で書き記すという文化がインドにも定着します。それで当時の弟子たちは、記憶の中にあった教えを文字にして残すようになりました。紀元前一世紀ぐらいのことです。ブッダの教えが、ヤシの葉や木の皮に文字で記録されるようになったのです。これが「お経」というものの源流です。こういった動きの中で、本来は断片的であったはずのブッダの言葉も次第に編集され、長いお経や、複雑で高尚なお経も作られるようになっていきます。素材は間違いなくブッダの教えなのですが、それがのちの人の手によって立派な「聖典」として整形されていったのです。その数は大小とりまぜて五千本にものぼります。

このようにして生み出されたお経は、ブッダが実際に語った言葉をベースにしながらも、のちの人たちが独自の解釈や脚色を加えて作っていくわけですから、「それはブッダの教えとは言えないのではないか」という疑問が起こるかもしれません。たしかに編集の手が加わっている、という点では、すべてをそのままブッダの教えとして受け取ることはできません。しかしそれらが、ブッダ本人の世界観や人生観をベースにして書かれていることは間違いないのですから、それを仏教徒たちは「ブッダの教え」として信奉するのです。以上が、「釈迦の仏教」に限定した場合のお経の意味です。

その後、インドでは大乗仏教という、別の新しいタイプの仏教が生まれてきますが、この大乗仏教の世界の中でも、やはりブッダの言葉として「お経」が次々に作られていきます。ただしそれは、ブッダの思いをそのままに表現しようとする「釈迦の仏教」の純朴なお経とは違って、大乗特有の新思想を含み込んだ、大きく変容した内容になっています。すでに「100分de名著」ブックスでもご紹介した『般若心経《はんにゃしんぎょう》』*8はその代表格です。

こうして、同じ仏教といっても「釈迦の仏教」と大乗仏教では、拠《よ》り所《どころ》とするお経が全く違ってきます。今では、「釈迦の仏教」が拠り所とする、ブッダ本人の思いに最も即していると思われるお経をまとめて「ニカーヤ」*9と呼んでいます。中国語訳では「阿含《あごん》経」とも言います。先ほど言った、五千本以上のお経の集合体ですね。このニカーヤ（阿含経）に対して、『般若心経』とか『法華《ほっけ》経』とか『阿弥陀経』といった、大乗仏教の中で生み出された「お経」は、区別して大乗経典と呼ばれます。「はじめに」

原始経典の分類

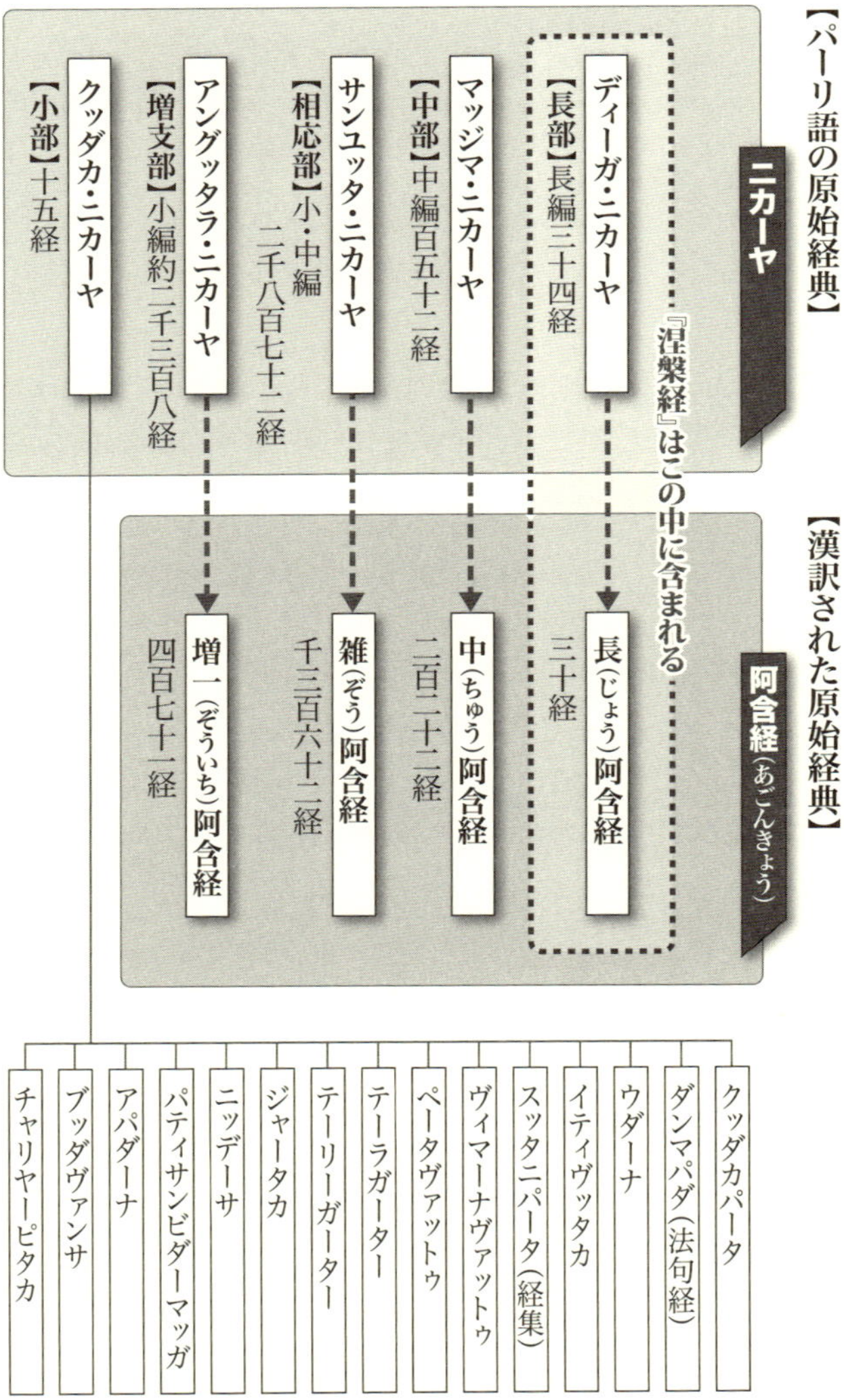
【パーリ語の原始経典】
ニカーヤ
ディーガ・ニカーヤ
【長部】長編三十四経
マッジマ・ニカーヤ
【中部】中編百五十二経
サンユッタ・ニカーヤ
【相応部】小・中編
二千八百七十二経
アングッタラ・ニカーヤ
【増支部】小編約二千三百八経
クッダカ・ニカーヤ
【小部】十五経
『涅槃経』はこの中に含まれる
【漢訳された原始経典】
阿含経（あごんきょう）
長（じょう）阿含経
三十経
中（ちゅう）阿含経
二百二十二経
雑（ぞう）阿含経
千三百六十二経
増一（ぞういち）阿含経
四百七十一経
クッダカパータ
ダンマパダ（法句経）
ウダーナ
イティヴッタカ
スッタニパータ（経集）
ヴィマーナヴァットゥ
ペータヴァットゥ
テーラガーター
テーリーガーター
ジャータカ
ニッデーサ
パティサンビダーマッガ
アパダーナ
ブッダヴァンサ
チャリヤーピタカ

で触れた新しいほうの『涅槃経』も、この大乗経典の一つです（この新しいほうの大乗『涅槃経』については最後の特別章で取り上げます。第1章から第4章で『涅槃経』と言った場合、それは古いほうの『涅槃経』を指します）。

「釈迦の仏教」と大乗仏教

仏教に「釈迦の仏教」、大乗仏教という二つの異なる流れがあることを申しました。ではこの二つの流れの根本的な違いはなんでしょう。それを簡単にご説明します。

「釈迦の仏教」では、「出家して修行する」という生き方を最重要視します。人は出家してひたすら修行し、心の中の煩悩を消し去ることで、真の安楽に達することができる、という修行中心の生き方です。ここで言う「出家」とは、ブッダが作ったサンガ[*10]という組織に入り、あらゆる生産活動から解放され、僧侶として朝から晩まで四六時中修行に励む、そんな生活へと人生を切り替えることを意味します。ですから「釈迦の仏教」にとっては、サンガという組織は、修行生活を維持するために絶対不可欠な要素です。

これに対して大乗仏教では、外部に我々を助けてくれる超越者や不思議なパワーがあると想定して、それを救いの拠り所と考えますから、必ずしも修行が第一とは言いません。もちろん修行を無視するわけではありませんが、主たる目的は自己鍛錬というよりも、不思議な存在との間にしっかりした関係を構築することにあります。例えば瞑想《めいそう》修行によって不思議なパワーの存在を感じ取り、それを原動力にして「今の生活の中に生きる意味を見いだしていく」といったスタイルです。したがって大乗仏教は、出家して修行しなくても日常生活の中で心がけ正しく生きていけば、いずれはブッダと同じ境地にまで達して自分がブッダになることができる、と言います。

当然ながら、修行のための専門組織であるサンガの意義も大乗仏教になると重みがなくなってきます。大乗仏教も最初はサンガの中から生まれてきたのですが、次第に「出家していなくてもよい」―「在家者でも悟りの道を歩むことは可能だ」という思いが強くなり、在家と出家を併《あわ》せ呑《の》む形態へと変わっていったのです。

仏教を歴史的視点で見るなら、大乗仏教はブッダの教えとははるかに隔《へだ》たった、別個の宗教ということになるのですが、だからと言って大乗仏教の教えを否定する必要もありません。「釈迦の仏教」は出家が基本ですが、世の中には出家したくてもできない人がたくさんいます。そうした人には大乗仏教のような教えがどうしても必要です。外界にいるなにか不思議な存在にすがることで心が救われる方も大勢おられます。問題なのは、どちらが正しいか間違っているかということではなく、根本的に違う二つの教えのどちらもが、人生の苦しみを救う力を持っているという事実です。

ただし、今回のテーマはサンガを基盤とした仏教の組織論なので、これに関してはどうしても「釈迦の仏教」に焦点を絞らねばなりません。ブッダは、自分が見つけた悟りへの道を、弟子たちにも実践してもらいたいと考えてサンガという修行組織を作りました。そしてそのサンガを自分の死後も末永く保っていくにはどうしたらよいかを真剣に考え、様々な遺言を残しました。その現れが『涅槃経』です。人の役に立つすぐれた組織を、いつまでも変わらず保っていくための秘訣は、「釈迦の仏教」にこそ大切に伝えられてきたのです。

二度と生まれ変わらない死＝「涅槃」

今回ご紹介する『涅槃経』は、ニカーヤの中でも特に長いお経だけを集めた「ディーガ・ニカーヤ」（『長《じょう》阿含経』）と呼ばれる部類に属しています。パーリ語のタイトルは『マハーパリニッバーナ・スッタンタ』で、「マハー」は大きい、「パリ」は強いことを表す強調、「ニッバーナ」は涅槃を意味します。「スッタンタ」はお経の意味ですから、直訳すると「大いなる涅槃を語る経典」、あるいはこの涅槃とはブッダの死のことを指しているので「大いなるブッダの死を語る経典」と言い換えてもよいでしょう。

ただここで一点注意していただきたいのが、涅槃という単語の意味です。涅槃には大きく分けて「悟りを開くこと」と、「その悟りを開いた人が死ぬこと」という二つの意味がありますが、『涅槃経』の涅槃は「死ぬ」方です。それは、悟りを開いた者だけが到達できる特別な「死」であり、二度とこの世に生まれ変わることのない完全なる消滅を意味します。

この涅槃という言葉を理解するには、当時のインド人が共有していた「輪廻《りんね》」の考え方を知っておく必要があります。輪廻とは、「あらゆる生き物は、死んでも死んでも、別のかたちに生まれ変わり続ける」という思想です。「亡くなったお父さんが天国へ行って、私たちを永遠に見守ってくれている」といったキリスト教のような生まれ変わりではありません。生まれ変わった先にもやはり寿命があり、その寿命がくればまた別のところへ生まれ変わっていく、このサイクルが無限に続くというのが輪廻です。生まれ変わりの場所も決まっていて、「天の神々」「人」「畜生（動物）」「餓鬼《がき》」「地獄」という五つの世界で、私たちは生まれ変わり死に変わりを延々と繰り返す、そういう世界観です（後の時代、「阿修羅《あしゅら》」が入って六つになりました）。

「永遠に再生を繰り返します」と聞けば、うれしいようにも思いますが、「生きることは苦しみである」と考える仏教の立場から見れば、それは永遠に苦しみが続くということを意味します。「生まれ変わっても苦しみしかない」のなら、二度と生まれ変わらな

■輪廻

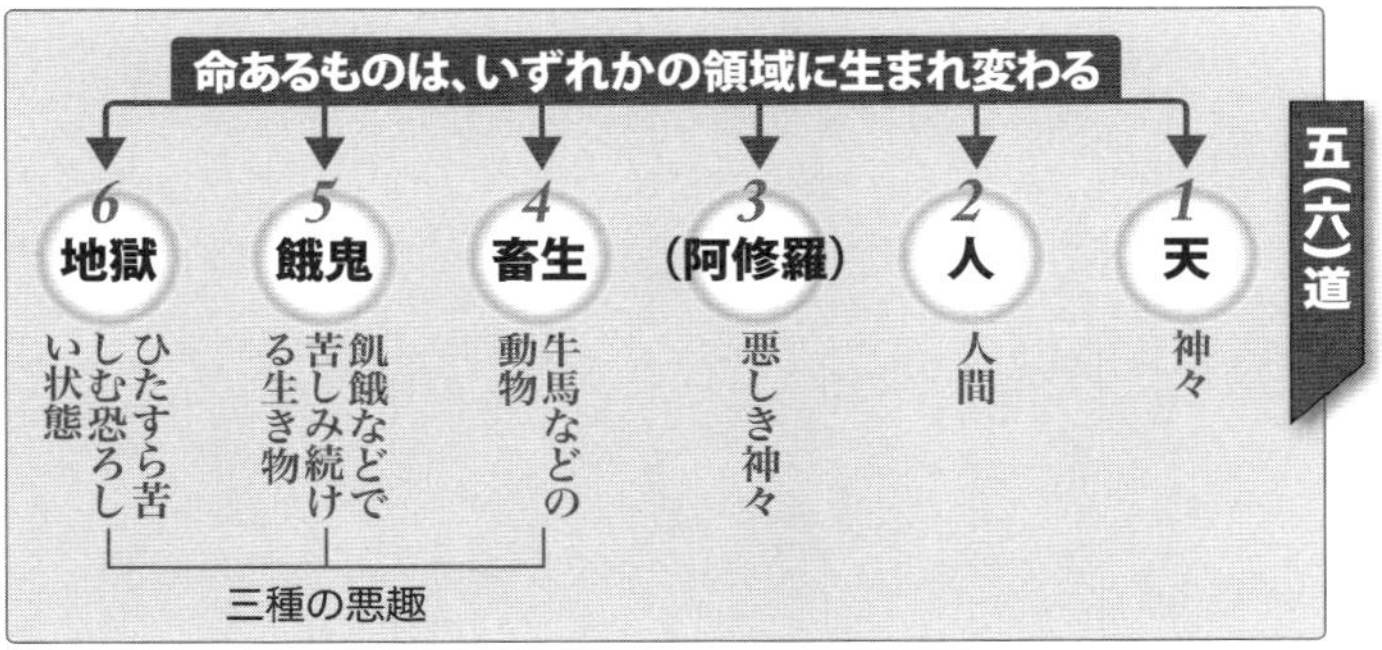

いことが最上の安楽ということになります。「もうこの先二度と生まれ変わらない」という確信を得た時、人は真の安楽に身をゆだねることができるのです。そしてそのような状態に入ることを涅槃と言います。輪廻を止めて涅槃に入ることこそが、仏道修行者にとっての究極の終着点であると考えられていたのです。

　では輪廻を止めるには具体的になにをしたらよいのか。ブッダは次のように考えました。我々を輪廻させるのは業《ごう》*11のエネルギーである。それを取り除かない限り輪廻は止まらない。では業のエネルギーを作り出す原因はなにか。それは我々の心の中にある「悪い要素」、すなわち煩悩である。煩悩が作用すると業エネルギーが生み出され、我々は自動的に輪廻してしまう。したがって我々が為すべきことは、自力で煩悩を断ち切って、業エネルギーが作用しないようにすることだ。そのためには精神集中のトレーニングによって心の状態を正しく把握し、煩悩を一つずつ着実につぶさねばならない。それが修行の意義である。

　もちろん現代人の多くは、輪廻を信じることなどできないでしょう。しかし輪廻とか業といった古代インド特有の考えから離れて、「自己の努力によって煩悩を断ちきり、それによって真の安らぎを得る」という視点でみれば、ブッダの教えは現代人を苦しみから救う貴重な道しるべになっているのです。

（注：ここまで述べてきたブッダの教えの基本構造や、大乗仏教との違いなどについては「100分de名著」ブックスの『ブッダ 真理のことば』『般若心経』で詳しく説明しましたのでご参照ください）

仏教の自己鍛錬システム

「釈迦の仏教」の基本的な考え方を説明しました。次に、その「釈迦の仏教」を支えにして生きるというのが、具体的にはどのような生き方なのかを見ていきましょう。

仏教には万国共通の絶対的定義が決まっていることをご存じでしょうか。「仏教とはなにか」と問われた時の答えです。それは聖徳太子の「十七条憲法[*12]」でも有名な「仏と法と僧」、すなわち三宝《さんぼう》です。「仏」とは文字通り、ブッダのこと。「法」とはブッダの教えです。そして三つめの「僧」とは修行のための組織であるサンガを意味します。ブッダとブッダの教えとサンガ、この三つで仏教は成り立っているというわけです。三番目の「僧」は日本ではお坊さんのことだと勘違いされがちですが、それは後代の間違った解釈で、本来は組織の名称です。サンガというインド語が「僧伽」と漢字で音写され、それが一文字に省略されて「僧」となったのです。ですから「仏教とはなにか」と問われたなら、「ブッダ（仏）を信頼し、ブッダの教え（法）に従って暮らす修行者たちが、サンガ（僧）を作って誠実に修行生活を送っている状態です」と答えれば一〇〇点です。

　このように仏教には最初から、仏や法とともに、それを実践する修行の場である僧、つまりサンガが不可欠の要素として含まれていました。このことから仏教の本筋は、時たま偉い人の法話を聞いて感心したり、お寺で仏像を拝んで願い事をするといった一時のイベントではなく、毎日少しずつでも自分で努力して煩悩を消していく、その実践的な生活スタイルの中にこそあるということがはっきり分かります。

　ここが「釈迦の仏教」と私たちの日常生活との大切な接点です。本当に満足できる、充実した人生を送るにはどうしたらよいか、と考えた時、一時のイベントで喜んだり楽しんだりしても結局は元の木阿弥《もくあみ》。長く続く一生をずっと支え続けてくれる心の拠り所といえば、日々の継続的な努力と、その努力によって少しずつではあっても着実に積み重なっていく成果、それしかありません。ブッダはそのことを誰よりも分かっていたので、弟子たちがそういった堅実な毎日を過ごすことができるよう、サンガという「努力の場」を作ったのです。私たちは出家してサンガで暮らす修行者ではありませんが、一歩一歩、努力の成果を積み重ねていく過程の中に生きる喜びを見いだすというサンガの理念は様々な局面で役に立ってくれるだろうと思います。

サンガのことを理解する重要性はほかにもあります。先ほど、ブッダが亡くなった後、お経が時代とともにどんどん変化していった話をしました。そうした経緯を考えると、私たちはじつは本当の「法」というものを手にしていないのかもしれません。ブッダの言葉と言っても、どれもが後で弟子が編集したものですから、どこかで大幅に書き換えられてしまった可能性は拭《ぬぐ》えないのです。

しかし、実際に共同体を作って生活をしている「サンガ」という組織の場合は、そういった「歴史の中で大幅に変わってしまう可能性」というものがほとんどありません。一人のお坊さんが「そろそろシステムや規則を変えてみたい」と思ったところで、各地のサンガが網の目のようなネットワークを張って活動している仏教世界全体の規則を変えることなどできません。お経の中の思想や哲学なら、一人の手で書き換えることも可能でしょうが、組織運営はそう簡単に変わるものではありません。とすれば、「法（お経）」よりも「僧（サンガ）」に受け継がれている生活スタイルに注目したほうが、ブッダ本来の教えに触れられる可能性が高いと言えるのです。サンガの実態こそが、「釈迦の仏教」の本義を知るための重要な情報源になるのです。
それでは、これまでお話ししてきた仏教の基本情報を携えて、いよいよ『涅槃経』の内容に入っていきましょう。

サンガを守るためのお経

さて、ブッダが涅槃へと旅立つ様子を描いた『涅槃経』ですが、その最大の特徴が、三宝のうちの「僧」つまりサンガの維持・管理を説いた「組織論」にあることはすでに触れました。ブッダの教えについて書かれた経典はたくさんありますが、組織としての仏教をテーマにしたお経はきわめて希《まれ》です。なぜ、弟子たちは『涅槃経』を作ろうと考えたのでしょうか。

ブッダは今でこそ世界の偉人として神格化されていますが、当時の弟子たちにとっては自己鍛錬システムのインストラクターのような存在でした。頼れる先輩、といったイメージです。そのブッダが涅槃に入ったことで、弟子たちは「仏教を今後どう維持していけばよいのか」と大きな危機感を募らせたと思います。そんな中で「仏教の本質がブッダの教えを実践することだとすると、ありがたい言葉をお経として残すだけでは不十分だ。実践することが大切なのだから、実践の場であるサンガの正しいあり方を示さねばならない。それをお経という形で後世に残しておく必要がある」と思い立った弟子が、『涅槃経』を作ったのだろうと思います。『涅槃経』はブッダの死やお葬式の様子を描く経典ですから、そこに書かれていることはどう考えてもブッダ自身が語ったものではありません。ブッダの言葉ではないことが明白なのに、あえてそれをお経として残したのは、「ブッダ亡き後の仏教を守っていかねば」という弟子たちの決意の現れだろうと思います。

組織論について書かれた経典というと、書店ではやりのリーダー論や、帝王学などをテーマにしたハウツー本の類を連想する方がいらっしゃるかもしれません。しかし『涅槃経』には、たとえば『論語』*13のようにビジネスの役に立つ要素はほとんどありません。なぜならサンガのコンセプトは「拡大」ではなく「維持」にあるからです。仏教は修行の宗教ですから、修行の場としてのサンガをできるだけ長く、平穏に保っていくことを第一義に考えます。そのため、成長や利益拡大のヒントはそこには見つかりません。

しかしその一方で、営利を目的としない公的コミュニティーや、伝統文化を維持するための団体、あるいは科学者や政治家など、組織拡大よりもむしろ、活動の場を長く維持していくことに重きを置く組織にとっては格好の手本となります。また一般企業であっても、「利益のことは考えず、好きなことを徹底的に突きつめていく」という目的で作られた特別プロジェクトなどの場合は、ある意味、企業の中の出家集団とも言えるため、『涅槃経』から学べるものも多くあります。

その『涅槃経』は、ブッダが王舎城《おうしゃじょう》のギッジャクータにいるシーンから始まります。王舎城というのはインド北部にあったマガダ国[*14]の首都ラージャガハという町のことで、ギッジャクータは小高い丘の名前です。そこにマガダ国の大臣ヴァッサカーラがやってきてブッダに、「今度、ヴァッジ族[*15]と戦争を始めようと思うのですが、われわれは彼らに勝つことができるでしょうか」とアドヴァイスを求めます。マガダ国王はブッダの熱心な信者であったため、ブッダはなにかと相談に乗ってあげていたようです。

大臣の質問を聞いたブッダは「ヴァッジ族というのはどういう部族か。みんなで会議を開いているか？　規律を守って暮らしているか？　長老を敬っているか？」と、ヴァッジ族の普段の様子を傍《かたわ》らのアーナンダに詳しく尋ねます。先に話したように、アーナンダとはブッダの弟子で、いつでもブッダと行動をともにしている付き人のような存在です。このあと『涅槃経』は、ブッダとアーナンダのやりとりを中心に進行していくので、彼の名前は覚えておいてください。

アーナンダはブッダの質問に対して「ヴァッジ族は、会議も開いていますし、規律も守っています。長老も敬っています」と順番に答えていきます。それを聞いたブッダは、「それならば無理だ。ヴァッジ族と戦ったところで勝ち目はない」とあっさり結論を出します。

マガダ国の大臣が「分かりました、戦うのはやめておきます」と納得して帰った後、ブッダは弟子たちを集めて、「組織が衰亡しないための条件」を細かく説き示します。これはヴァッジ族が戦いに負けない理由をそのまま仏教のサンガという組織にあてはめたものです。全文は34、35頁を見ていただくとして、なかで最も重要と思われる、最初にブッダが挙げた七法をここで説明しておきましょう。こういうことを守っている限り、組織は滅びない、という条件です。

一　**比丘《びく》たちがしばしば集会を開き、多くの者が参集する。**
二　**比丘たちが一丸となって集合し、一丸となって行動し、一丸となってサンガの業務を遂行する。**

比丘というのはブッダの弟子たち、つまり出家した仏道修行者のことを指します。この二つの項目は、「決め事は、メンバー全員が参加する会議で民主的に決めよ」という意味です。実際、仏教サンガはどのような些細な決め事であっても、サンガのメンバー全員による会議で決定することが義務づけられています。一部の僧侶が権力を持って運営することは許されないのです。

三　比丘たちが定められていないことを定めず、すでに定められたことを破らず、定められた法律を守って行動する。

これは、すべての生活はすでに定められたルールに沿って行動し、法律を重視して暮らさねばならないという意味です。

四　比丘たちが経験豊かで、サンガの父、サンガの導き手である、出家生活の長い長老たちを敬い供養《くよう》し、その言葉に耳を傾ける。

先に出家した先輩比丘を尊敬し、その言葉に耳を傾けよと言っています。組織としての秩序を守っていくためには、先輩を敬い、そのアドヴァイスを尊重するべきだ、という意味です。ただし、先輩比丘をブッダのようなリーダーとして扱えという意味ではありません。

五　比丘たちが［輪廻の］再生を引き起こす渇愛に支配されない。

煩悩の中でも特にタチが悪いのは執着《しゆうじやく》（仏教では「執著」とも書きます）の心です。サンガのメンバーの中に「自分」という存在に執着し、本来の仏道の意味を理解しない人が現れると、その組織は混乱し、やがては崩壊してしまいます。それを戒《いまし》めているのです。

六　比丘たちがアランヤの住処に住むことを望む。

アランヤとは、人の往来が少ない閑静な郊外のことです。この言葉は、賑やかな町のそばよりは、人気のない郊外に住んで静謐《せいひつ》な生活を送ったほうが修行は進むし、不要な雑音や情報が入ってこないから組織は強固になる、という意味と捉えていいでしょう。

七　比丘たちが心の思いを安定させ「まだ来ない良き修行者が来ますように、すで

に来た修行者が快適に暮らせますように」と願う。

これは、仏教で出家したすべての修行者を、仲間として友好的に待遇せよ、という意味です。この教えにより、出家者はどこのサンガへ行っても、温かく迎えられることとなり、仏教世界全体での人的交流がスムーズになります。

以上の七法に続けて、組織が滅びないための様々な条件をブッダは語ります。「自分の本分以外のことには手を出すな」「無駄話をするな」「悪い友人とつきあうな」「寝てばかりいてはいけない」「常に努力し続けよ」「智慧《ちえ》を持て」などなど、どれも特別なことを言っているわけではなく、なるほどと納得できるものばかりです。

確かにどれも仏教組織を維持していくための大切な条件ではありますが、じつは私には、ブッダがあえて言葉として語らなかったところに、最も重要な条件が潜んでいるように思えます。ブッダは最初に「すべてのことは会議を開いてみんなで決めなさい」と民主的な組織づくりを提唱していますが、これは裏を返せば「特定のリーダーや権力者を作るな」というメッセージにも読みとれます。自分というリーダーがいなくなった後、組織をそのまま同じ形で存続させていきたいと考えるなら、「私に代わる立派な指導者を選んで、その人に従って生活しろ」と言ってもよかったはずです。にもかかわら

五種類の「衰亡しないための七つの法」と一種類の「衰亡しないための六つの法」

【第一の七法】

比丘たちが

一　しばしば集会を開き、多くの者が参集する
二　一丸となって集合し、一丸となって行動し、一丸となってサンガの業務を遂行する
三　定められていないことを定めず、すでに定められたことを破らず、定められた法律を守って行動する
四　経験豊かで、サンガの父、サンガの導き手である、出家生活の長い長老たちを敬い供養し、その言葉に耳を傾ける
五　［輪廻の］再生を引き起こす渇愛に支配されない
六　アランヤの住処に住むことを望む
七　心の思いを安定させ「まだ来ない良き修行者が来ますように、すでに来た修行者が快適に暮らせますように」と願う

【第二の七法】

比丘たちが将来

【第四の七法】

比丘たちが将来

一　よく思いをこらす修行を繰り返し修し
二　よく法を選び分ける修行を繰り返し修し
三　よく努力する修行を繰り返し修し
四　喜びに満ち足りる修行を繰り返し修し
五　心身を軽やかとする修行を繰り返し修し
六　三昧修行を繰り返し修し
七　心を平静安定にする修行を繰り返し修するなら

その間は衰亡しない

【第五の七法】

比丘たちが将来

一　無常であるという想いを繰り返し修するなら
二　我はないという想いを繰り返し修するなら
三　不浄であるという想いを繰り返し修するなら
四　過失であるという想いを繰り返し修するなら
五　捨て去る想いを繰り返し修するなら
六　貪欲から離れる想いを繰り返し修するなら

一　動作（余計な活動）を喜びも楽しみもしない
二　雑談を喜びも楽しみもしない
三　睡眠を喜びも楽しみもしない
四　社交を喜びも楽しみもしない
五　悪い欲望をいだかず、支配されない
六　悪友を持たず、悪い同輩を持たない
七　少し優れた境地に達するだけで涅槃への到達の道を止めてしまうことがない

【第三の七法】

比丘たちが将来
一　信があり
二　慚があり
三　愧があり
四　多聞であり
五　努力し
六　念を起こし
七　智慧があるなら
その間は衰亡しない

七　止滅の想いを繰り返し修するなら
その間は衰亡しない

【第一の六法】

比丘たちが
一　慈しみのある身的行為を、仲間の修行者に対して、公にも秘密のうちにも起こすなら
二　慈しみのある言語的行為を、仲間の修行者に対して、公にも秘密のうちにも起こすなら
三　慈しみのある心的行為を、仲間の修行者に対して、公にも秘密のうちにも起こすなら
四　法にかなって得られたものを、鉢の中に入れられたものに至るまで、分配せずに食べることがなく、戒を守る仲間の修行者たちと仲良く分け合って食べるなら
五　純粋で汚れなく、自在で、知者が称賛するような戒に関して、仲間の修行者と、公にも秘密のうちにも戒を守るしっかりした生活をしているなら
六　実践することによって、正しく苦を滅し去ることができるような立派な見解によって、仲間の修行者と、公にも秘密のうちにも見解を守るしっかりした生活をしているなら
その間は衰亡しない

ず、ここでブッダは「リーダーに従え」とは言わず、「全員で運営していけ」と指示しているのです。言葉には出さずとも、おそらくは「リーダーを置かないことが大切だ」と考えていたのでしょう。そして本当に、仏教のサンガはリーダーなしで運営され、それが二千五百年も続いてきています。『涅槃経』が語る組織論は、実際にサンガを二千五百年間も維持してきたという実績を持っているのです。

ではは『涅槃経』が理想と考えた「リーダーを置かないサンガ組織」とはどのようなものなのでしょうか。ここでサンガの形態について少し説明しておきます。まず、四人以上の男性僧侶（比丘）、または女性僧侶（比丘尼）が集まることが、サンガを作る際の必要最低条件となります。四人以上の僧侶が集まったら、皆で相談してサンガの領域を決めます。たとえば「渋谷駅ハチ公前広場を新たなサンガの領域とする」といった具合です。所有権を主張するものではないので、他人の土地でも公共の土地でも構いません。そこで暮らすことさえできればよいのです。広さはせいぜい数百メートル四方といったところでしょう。この領域のことを仏教では「界」、インド語で「シーマー」と言います。一つの界が一つのサンガを表します。このようにして各地にポツポツとサンガが作られ、その全体のネットワークを「仏教世界」と言うのです。

サンガとサンガの間には上下関係はなく、どこのサンガも出入り自由で、メンバーの移動に制限はありません。それはアメーバのようにフレキシブルな形態になっています。そのため、どこかのサンガが一つ消滅したとしても、ほかのサンガが残っていれば仏教は滅ぶことがありません。残ったサンガをベースにして、時期を見てまた新しいサンガが生まれ、活動を続けるのです。サンガにおける組織のあり方は、現代で言うならインターネットの世界と似ています。どこにもセンターがなく、それぞれのサーバーがネットワークでつながっているだけ。だからこそネットは決して滅びません。このように考えていくと、リーダーもセンターも置かないシステムを考案した、組織設計者としてのブッダの能力に改めて感服します。

ブッダが考えたサンガの基本形態は、現在もタイやスリランカにおいては、当時のまま守られています。私はよくタイのお寺を訪れるのですが、朝、修行場に行ったら、昨日まではいなかった見知らぬお坊さんが平然と修行していたり、逆に何年もいたお坊さんがある日突然いなくなったり、といった場面をよく目にします。ネットワーク内で僧侶が自由に移動しているのです。日本のお寺ではありえないことですが、「釈迦の仏教」を受け継ぐ南方仏教国では当然のことなのです。

托鉢するタイの修行僧たち

食事の施しを受けて経を唱えるスリランカの僧侶たち

ブッダの偉大さを伝えるエピソード

組織が滅びない条件を弟子たちに語ったブッダは、王舎城にしばらく滞在したのち、アンバラッティカー園[*16]とナーランダー[*17]という町に立ち寄ってから、パータリ村[*18]へと向かいます。途中でブッダが弟子たちに説法を行うシーンもありますが、それほど重要な部分ではないので割愛《かつあい》します。やがて一行はパータリ村に到着し、ブッダは在家信者を集めて、「戒《かい》を犯す者の禍《わざわ》い。戒を守る者の利点」についての説法を行います。ここでいう「戒」とは、仏教信者が守るべき生活の中の心がまえのことです。ブッダは戒を犯す者の禍いとして以下の五つを挙げています。

一　放逸のせいで大いに財を失う。
二　悪い評判がたつ。
三　どのような人たちの集会に参加してもびくびくしている。
四　精神が錯乱して死ぬ。
五　死んだ後、地獄に生まれる。

これらは、きちんと自分の決めた生活を守らないと、よくないことが起こりますよ、という戒めの言葉です（精神錯乱とか地獄行きはあんまりだと思いますが）。同時に、戒を守った場合の利点もブッダは語っていて、「戒を守るならば、財産が増える、よい評判が立つ……」といった、禍いとはすべて逆のことを述べています。

パータリ村では、ブッダが超人的な能力を持っていたことを示す興味深いエピソードも登場します。ブッダがこの村を訪れた時、マガダ国の二人の大臣であるスニーダとヴァッサカーラが、ヴァッジ族の侵入を防ぐための城壁をこの地に築いていました。先ほどもマガダ国とヴァッジ族の戦争の話が出てきましたが、どうやら両者はいつも対立関係にあったようです。城壁の建築場所を訪れたブッダは、そこに千を超える神霊たちがいて、それぞれに敷地を占有しているのを見ます。

日本でも、岩や大木など、特別な場所には神が宿っていると考えますが、それと同じで、インドでもさまざまな神様が天界だけでなく地表にも住み着いていると考えていたのです。

もちろん一般人は、そういった神の姿をみることはできませんが、ブッダは超人的な天眼を持っていたため、神通力《じんつうりき》で地表にいる神様の姿を見通し、城壁が造られている場所にいる何千もの神様の姿をみてアーナンダに次のように語ります。

「パータリプッタ（パータリ村のこと）が聖なる場所であり、商業の中心である限り、ここは首都であり、物資の集積地であるだろう。しかし将来、火、水、内部分裂という三種の災難があるであろう」

つまり、ここでブッダは「パータリ村はこの先も繁栄を続けるはずだが、いつかは大きな災難が降りかかるだろう」と未来を予言したのです。現在もこの村は、パトナという大都会になってインドに実在しますが、ブッダが亡くなった後に、実際に戦乱に巻き込まれて燃えたことが記録として残っています。

「おお、それならブッダは本当に予知能力を持っていたのでは」と思う方もいらっしゃるかもしれませんが、よく考えてみればどうということもありません。『涅槃経』はブッダが亡くなったずっと後の時代に弟子が編集したものです。ということは、このお経が書かれた時には、もうすでにパータリ村の災害は起こっていた可能性があるわけです。そうなると、このくだりはブッダをより偉大で特別な存在に見せるために、後になって弟子が創作したということになるでしょう。このように、弟子がお経を書く際に脚色した、あるいは創作したと思われる過大な表現やエピソードは、『涅槃経』のほかの部分にも多くみられます。

ブッダはパータリ村の未来を予言したあと、マガダ国の大臣であるスニーダ、ヴァッサカーラと食事をともにしてから、村を去ることになりますが、この別れの場面にも脚色らしきものが見て取れます。村を立ち去るブッダを見送るために、一緒に途中まで歩いていったスニーダとヴァッサカーラは、次のように語ります。

「今日、この沙門《しゃもん》ゴータマ（ブッダのこと）が出て行く門は『ゴータマ門』と名付けられるであろう。ゴータマがガンジス川[*19]を渡る渡し場は『ゴータマの渡し』と名付けられるであろう」

おそらくこのくだりも、後の創作です。『涅槃経』が編集された時代には、すでに「ゴータマ門」とか「ゴータマの渡し」がブッダの聖地として名所になっていて、その名前の由来として、このようなエピソードが作られたのでしょう。

さらにその後に続く、ブッダとその弟子たちがガンジス川を渡るシーンにも、ブッダの不思議な能力が描かれています。インドを流れるガンジス川は、皆さんご存じの通り、対岸が見えないくらい幅の広い大河です。当然、橋など架けることはできませんから、通常は渡し舟を使って時間をかけて対岸に渡らなくてはなりません。ところが『涅槃経』には、ブッダと弟子たちが一瞬でテレポートして川を渡ったと書かれています。

実際はどうやって川を渡ったのかは、今となっては不明ですし、ブッダがそんな超人的な能力を本当に持っていたとも思えません。ただ一つ確かなことは、「ブッダの言葉という建前で書かれているお経には、実際は後の創作がたくさん含まれている」ということです。ブッダをより大きな存在として表現するため、不思議な予知能力があるかのように語ったり、恐るべき超能力者として活躍させたり、お経というものはどんどん内容を膨らませながら作られていったのです。

しかしここで私が言いたいのは、「だからお経はつまらない」という話ではありません。全く逆です。そんな誇張と脚色で厚化粧されたお経の奥にも、目をこらして見れば、ブッダの教えをそのまま伝える本源の情報が奥ゆかしくひっそりとたたずんでいるのが見えてきます。それを一つひとつ大切に取り出していくことで初めて、私たちはブッダその人の思想に近づくことができます。それこそがお経を読むということの喜びなのです。特に『涅槃経』の場合は、その奥にサンガの本質的理念を知る鍵が秘められているという点で、特別な重要性があります。

「ブッダはなにを弟子たちに語ろうとしたのか。そしてそれは私たちにとってどのような意味を持つのか」。こういった問題意識を持ちながら、続けて『涅槃経』を読んでいきましょう。

＊1　菩提樹

ブッダガヤ（インド・ビハール州）の地を流れるネーランジャラー河畔に茂っていた樹。この樹下でブッダが悟りを開いたことから、「菩提樹」（菩提はサンスクリット語［ボーディ＝悟り］の音写）と呼ばれるようになった。

＊2　パーリ語

古代インドの方言の一つ。スリランカや東南アジアの仏教は、この言語で伝わった。今も、これらの国の仏典は、そのままパーリ語で読み継がれている。

＊3　サンスクリット語

古代から伝わるインドの言語。梵語。正統インド語としてヒンドゥー社会で重視され、仏教も次第に取り入れるようになった。

＊4　バーミヤン渓谷

アフガニスタン中央部、ヒンズークシ山脈中の都市バーミヤンを中心とする渓谷。一〜六世紀に造られた石窟仏教寺院や磨崖仏が残る。そのうちの磨崖大仏は二〇〇一年、時のタリバン政権により破壊された。

＊5　カローシュティー文字

アケメネス朝ペルシア（前六〜前四世紀）で使われていたアラム文字が北西インドで発達してできた古代文字。インドを統一し、仏教に帰依したアショーカ王の碑文（前三世紀）などに用いられている。

＊6　中村元

一九一二〜九九。インド哲学者、仏教学者。東大教授を経て、真理探究のための場として東方学院を創設。七七年文化勲章。『中村元選集』全四十巻。

＊7　アーナンダ（阿難）

十大弟子の一人でブッダと同じシャカ（釈迦）

族の出身。ブッダ晩年の二十五年間、身の回りの世話をし、その言葉や説法を数多く記憶していたことから、弟子中で「多聞第一」とされた。

＊8 『般若心経』

「空」の思想を説く一連の「般若経」の精髄を、二百六十二字の簡潔な文章に凝縮した大乗経典。主人公の観音菩薩は大乗仏教の生み出した理想の救済者で、「釈迦の仏教」には存在しない。

＊9 ニカーヤ

パーリ語で「部門」の意。「釈迦の仏教」のパーリ経典（経蔵）は、長短や内容により五部（長部・中部・相応部・増支部・小部）に分けられ、ニカーヤと総称する。五部に相応する中国語訳経典は、原語「アーガマ」（「伝承」の意）を音写して「阿含経」と呼ばれる。

＊10 サンガ

四人以上の比丘・比丘尼（男女の出家修行者）を最小単位とする生活共同体で、仏教修行のための専門的組織。24頁以降に詳述。

＊11 業

「行い」の意のサンスクリット語「カルマン」の訳。仏教の縁起（因果論）では、善い行いは楽を生み、悪い行いは苦しみのもとになり、個人個人がそれらを積み重ねてゆくとされる。

＊12 十七条憲法

推古天皇の摂政、聖徳太子（五七四〜六二二）が六〇四年に制定したとされる法。その第二条「篤《あつ》く三宝を敬へ。三宝とは仏・法・僧なり。則ち四生の終帰にして、万国の極宗なり」。

＊13 『論語』

中国春秋時代の思想家で儒家の祖、孔子（前五五二〜前四七九）の言行録。同書の仁義道徳論を経営に援用して「論語と算盤」理念を唱えた実業家渋沢栄一（一八四〇〜一九三一）以来、ビジネス的観点から論語を読み解く試みも多い。

＊14　マガダ国
ブッダの生存当時（およそ前六〜前五世紀）、今日のビハール州をほぼ占めていた王国。北インドに割拠した十六大国中の強国で、のち前四世紀にはここからマウリヤ朝が興り、アショーカ王の時（前三世紀）にインドをほぼ統一した。

＊15　ヴァッジ族
当時の十六大国の一つで、共和制の都市国家「ヴァッジ国」（北ビハールからネパールにかけての地域を支配）を構成する中心的部族。

＊16　アンバラッティカー園
マガダ国王の休息所があった園林。

＊17　ナーランダー
今日のビハール州にある町。グプタ王朝治下の五世紀には、大規模な仏教大学（ナーランダ大学）が建てられ、七世紀には玄奘（三蔵法師）もここで学んだ。

＊18　パータリ村
のちパータリプトラとしてマガダ国の首都になるが、この当時はガンジス渡河地点の一寒村だった。現在のビハール州都パトナ。

＊19　ガンジス川
ヒマラヤ山脈に源を発し、インド北部を西から東に横断してベンガル湾に注ぐ、インド最大の河川。全長約二千五百キロ。ヒンドゥー教では川自体が「聖なる女神ガンガー」として崇拝される。

第2章——死んでも教えは残る

涅槃に至るための四条件

『涅槃経』は、ブッダが涅槃に入る時の「最後の旅」の様子を描いたお経ですが、前半はブッダの死についてほとんど触れられないまま、旅行記のようなスタイルで話が進行していきます。ブッダはあちこちの村や町に立ち寄りながら、その都度いろいろな説法をしたことになっていますが、たぶん『涅槃経』の編集者は、その一つひとつをブッダの遺言として後世にアピールしたかったのでしょう。だから実際の涅槃に至るまでの前置きがずいぶん長くなっているのです。『涅槃経』全体がブッダの遺言集というわけです。

さて、パータリ村を後にしたブッダと弟子たちは、ガンジス川を渡ってからコーティ村を通りナーディカ村[*1]へと到着します。すると、付き人のアーナンダは「村人の死」について次のような質問をブッダに投げかけます。

「ナーディカ村にはこれまで立派な修行者や、在家信者が多くいました。彼らは死んだ後、どこに行ったのでしょう?」

ブッダは、それら修行者や在家信者の名前を一人ずつ挙げながら「この人は煩悩をすべて滅していたので、すでに涅槃に入っている」「この人は煩悩のかなりの部分を滅していたので、今は天にいるが、いずれ必ず涅槃に入るだろう」などと、死んだ後の状況を順に説明し、ひと通り話し終えた後でアーナンダに次のように言います。

「死んだ人の行く末をいちいち質問されたのではたまらない。私は今、『法の鏡』という教えを説くから、皆はそれによって自分の死後の状況を自分で判断せよ」

ここでブッダが説く「法の鏡」の教えとは「自分が死んで生まれ変わった時点で、涅槃への道がちゃんと保証されているかどうかを自己判断する基準」です。具体的には、次の四つです。

一　仏に対して清らかな信頼の気持ちを起こしているか。
二　法に対して清らかな信頼の気持ちを起こしているか。
三　僧（サンガ）に対して清らかな信頼の気持ちを起こしているか。
四　最高にすぐれた心がまえを身に付けているか。

要するに、仏・法・僧という三宝を信頼しながら、規律正しい生活を送っているか、という問いかけです。自分で反省してみて、もしこの条件を満たしていると確信できるなら、その者は必ず涅槃に向かうことができると言うのです。

なぜブッダがここで、このような教えを説いたのか。これもまた、ブッダの遺言だと考えれば納得できます。お話の中ではストーリーの都合上、「いちいち質問されたのではたまらないから『法の鏡』の教えを説く」ということになっていますが、実際には、ブッダが涅槃していなくなった後、残された弟子たちはなにを励みにして修行していったらよいのか、という疑問に答えているのです。ブッダ亡き後の弟子たちが、サンガの中で修行していて、「果たして今の状態で私は本当に涅槃に到達できるのだろうか」と迷ったとしてもブッダはいないのですから誰も答えてくれません。そんな時、上の四条件を思い浮かべれば、「ああそうだ、三宝を信頼し、正しく生きていればきっと涅槃に入れるとブッダはおっしゃった。私も頑張れば大丈夫だ」と自信がでます。そういった励ましの意味で、このエピソードが置かれていると考えれば、大変意味のある話だということが分かるのです。

人に貴賤はない

ナーディカ村で「法の鏡」の教えを説いた後、ブッダは商業都市ヴェーサーリー*2へと向かいます。当時のインドではかなり大きな都会です。ここで登場するのはアンバパーリーという遊女です。彼女は客を選べる高級遊女、日本で言えば花魁《おいらん》のような存在でした。多くの土地を持ち、お屋敷で暮らしていました。しかしいくら経済的に豊かでも、立場上、苦しみや悩みも多かったのでしょう、かねてからブッダの熱心な在家信者であったようです。

ブッダはそのアンバパーリーが所有するマンゴー園に入って腰を落ち着けます。自分の土地にブッダが滞在しておられることを知ったアンバパーリーは、すぐさまブッダを訪ねて、「明日の食事は私がご用意しますので、ぜひ私のところへ食べにいらっしゃってください」と誘います。ブッダは彼女の厚意に感謝し、その申し出を承諾します。ところがその後、今度は同じ町の王侯貴族であるリッチャヴィ族の若者たちが、ブッダのもとを訪れ、アンバパーリーと同様に「明日は食事をご用意しますので、私どもの家においでください」と招待したのです。

身分で言えば、アンバパーリーなど足元にも及ばない王族の息子たちです。ましてや貴賤上下にうるさい古代インドの世界。凡人なら普通、アンバパーリーのほうを断って、王侯貴族の招待を優先するでしょう。しかしブッダは迷うことなくリッチャヴィの若者たちに向かって、「悪いが明日のお前たちの招待は受けられない。アンバパーリーと先約がある」と言って断ってしまうのです。

翌日の朝、ブッダはアンバパーリーの家を訪れ、アンバパーリー本人が鉢の中へ盛ってくれるおいしい食事を十分に味わいます。喜んだアンバパーリーは、感謝の布施《ふせ》として、その自分のマンゴー園をサンガに寄進します。また、『涅槃経』とは別の伝承によれば、アンバパーリーはその後、出家して尼さんとなり、ついには悟りを開いて涅槃に入ったとも言われています。

このお話には、仏教が説く「すべての人は平等である」という教えがよく表現されていると思います。ブッダは王家の皇太子だった人ですが、そのような社会的地位には本質的価値はなにもないと考えて出家します。悟りを開き、多くの弟子や信者が集まってきても、決して自分をなにか特別な存在であるとは考えず、あくまでサンガのリーダー、修行の先輩という立場で一生を終えました。最後まで住まいも持たず、あちらに一ヵ月、こちらに二ヵ月と、布教の旅に明け暮れて、そのまま死を迎えます。その最後の旅が、この『涅槃経』なのです。

ですから、リッチャヴィの王族よりも、先約のあったアンバパーリーを優先するのも、当然と言えば当然。ブッダとしては「考えるまでもない、あたりまえのこと」だったでしょう。人は、生きる苦しみの中で悶えているという視点でみればみな平等。みな平等に不幸なのです。身分がどうあれ、財産がどうあれ、「老いと病と死」に追い立てられている点で、この世に幸せな人間など一人もいません。その「平等に不幸な状態」

にある私たちに「その不幸から逃れ出る道がある」と太鼓判を押してくれたのがブッダです。そしてその道を実際に実践するための組織であるサンガを作ってくれたのもブッダです。そう考えると、この世で頼れる人と言えばブッダしかいないということになります。当時の人たちがブッダを敬愛し、その教えに惹かれていった理由を理解していただけるでしょうか。アンバパーリーは、そういった「釈迦の仏教」に惹かれ、生き方を変えた代表的人物なのです。

ここでちょっと話を現実的なところに戻して、お坊さんの食事のことをご説明しましょう。アンバパーリーとリッチャヴィ族の招待合戦の話がでてきましたが、これはあくまで特別なケースで、普通、仏教の出家者は自分の足で近隣の村や町をまわり、家々から出る余った食べ物をもらって歩きます。もらいに行くのに容《い》れ物を持っていかないのは失礼ですから、「ものもらい用」の鉢を持参します。鉢を持って家々をまわる姿、つまり托鉢《たくはつ》ですね。「出家した者は、托鉢だけで生きていけ」というのがブッダの命令です。ですからサンガの僧侶たちは毎朝、鉢を持って托鉢に出掛けるのです。なぜ托鉢しか許されないのかというと、出家するということは「すべての仕事をやめて、修行三昧《ざんまい》の暮らしをする」という生き方を自ら選択することだからです。それを生きがいにするということです。ですから、仕事をせずに生きていかねばなりません。それが出家者の義務なのです。そうなると道は一つ。つまり、一般の人たちにお願いして、残り物や捨てる物をもらって歩く、托鉢という生き方しかありえないのです。

ではなぜブッダは、アンバパーリーの招待を受けたのでしょう。なぜそれが許されるのでしょうか。それは、食事の招待を受けるということは、仕事をせずに食べることになるからです。誰かが厚意で食事に招待してくれるなら、それは仕事をして稼いだご飯ではありませんから、食べても少しも構わないのです。

つまりこういうことです。出家してサンガのメンバーになった修行者は、原則として毎日托鉢をして食べ物を手に入れねばなりません。仕事をすることも自給自足の生活も禁止です。しかし、もしも特定のファンがいて「托鉢しなくても、私の家に来て好きなだけ召し上がってください」と招待してくれるなら、それは喜んで受ければよいのです。要は、「世俗の雑事に煩わされずに修行が存分にできること」が大事なのであって、これが実現できる状況はすべて許されるということです。ブッダの設計したサンガの生活は、実に合理的に組み立てられているのです。この「招待食」の伝統は日本にも残っていて、法事などでお坊さんを呼ぶと、ご飯を出しますね。それはアンバパーリーの家でご馳走になっているブッダの時代から続く光景なのです。

食事の説明をしたので、サンガの土地建物のこともご説明しましょう。先にも言ったように、サンガのメンバーは仕事をしてはいけません。仕事をしないことが出家者の義務なのです。ですから個人財産もありません。つまりサンガとは、全員が無職無収入者の集団なのです。ということは当然ですが、サンガが土地や建物を買うこともできません。したがって本来ならば、出家者たちはその辺の野原や森の中に界（サンガの領域）を設定して、そこで野宿をしながら生きていくことになります。ボロボロの衣を着て鉢を持ったお坊さんが、集団で野宿しながら暮らしている様子は想像してみると凄い光景ですが、実際、それがサンガの原風景なのです。

しかし、先の「アンバパーリーのマンゴー園」のように、ファンの信者がいて、「私の土地を提供しますので、どうぞそこでお過ごしください」とか、さらには「土地の上に建物も建てますから、どうぞご自由にお使いください」と言ってくれるなら、その申し出を受けることは少しも構わないのです。「招待食」を受けるのと同じ理屈ですね。こうしてファンの力で、専用の土地をもらい、建物で暮らすことができるようになります。これが今の「お寺」の原点です。「お坊さんはお寺で暮らすものだ」という先入観がありますが、もともとは「お坊さんは野宿して暮らすもの」なのです。それが広い境内の立派なお寺で生活できるのは、すべて信者さんの厚意のおかげ。このアンバパーリーの話で言うなら、ブッダがアンバパーリーを人として平等に、大切に扱った、その立派な態度に対するお礼がマンゴー園の寄進なのです。僧侶はすぐれた人間性を具《そな》えていることで初めて、お寺に住まわせてもらうことができる、というこの原則は、今の仏教界にとっても大事な指針になるでしょう。

ところで読者の皆さんは、「お寺というものは原則として二十四時間オープンだ」と聞くと変に思われるかも知れませんね。そんなお寺は日本にはほとんどありません。しかしもともと「お坊さんは野宿して暮らすもの」であるなら、野宿している人と会うのに時間制限などあるはずはありません。行けばいつでも会える。当然のことです。そしてたとえファンの人から土地をもらい建物を建ててもらって、立派なお寺で暮らすことになったとしても、この原則は変わりませんから、信者が望めばいつでも会いにいくことができる、つまりお寺は実際、二十四時間オープンなのです。

今でもタイやスリランカなどのお寺は、そうなっています。特に満月の日などはお寺の中で徹夜の説法会が開かれ、一晩中信者さんが出入りすることも珍しくありません。こうしてサンガの生活が外部に対して完全に開かれていることは、サンガの運営面でも非常に重要な意味を持っています。自分たちが何ひとつやましいことをしていない、誠実な修行集団であることを公に開示することで、社会からの信頼を得ることができるからです。

サンガは先にも申し上げたように、一般社会からの余り物で生きていく、完全依存型の組織です。したがって世間から信頼してもらわないことには生きていくことができません。「仏教の修行者というのはどうも裏でこそこそ怪しいことを考えている油断のならない連中だ」などと思われたらおしまいなのです。ですから自分たちが邪念のない、誠実で清浄な集団であることを積極的に示していく必要があります。その点で、サンガ内の自分たちの住居、つまりお寺の中を、隈《くま》なく公開することは当然の義務です。夕方になるとさっさと門を閉め、あとは何をしているのか誰も分からない、といった身勝手な行動は許されないのです。

このように言うと、外部から遮断された建物を建て、その裏で恐ろしい毒ガスを製造していたオウム真理教[*3]の姿が脳裏に浮かぶかもしれません。「内部を公開しない組織」の危うさですね。しかし問題はそういった極端な例だけではありません。実はいたるところに似たような例はあるのです。国民の税金つまり「社会からの厚意」で運営されていながら、その内部情報を公開せずに、こそこそ身勝手なことをしている組織というものが時々世間を騒がせますが、それはみな、同一線上にある「良からぬ組織」です。

ブッダはそういった組織の脆《もろ》さを十分認識していました。真の安楽を手に入れるためには修行による自己改造が必要であり、そのためにはサンガという修行のための専門組織が必要であり、そのサンガの中で修行三昧の生活を送るメンバーが生計を立てるためには社会からの援助が必要であり、その援助をいただくためには社会から尊敬される姿で暮らさねばならない、というこの構造をしっかり見抜いていて、実際にそういった生活システムを作ったのです。

ブッダが作った、このサンガのシステムは、南方の仏教国を中心にしてその後二千五百年間変わることなく続いてきて、これからも長く続いていくはずです。おそらく二千五百年もの間維持されてきた組織というものは世界中探しても他にないでしょう。私はここに、偉大なる宗教者とは別の、すぐれた組織設計者としてのブッダの一面を見るのです。「アンバパーリーがブッダにマンゴー園を布施しました」という、たった一つのエピソードからでも、これだけの情報が得られるというのがお経の面白さです。

自らの寿命をコントロールできたブッダ

『涅槃経』に戻りましょう。ブッダと弟子たちは、アンバパーリーのマンゴー園にしばらく滞在した後、ベールヴァ村へと向かいます。そしてそこで雨安居《うあんご》*4と呼ばれる、定住期間を迎えます。

インドには一年に三ヵ月ほどの雨期があり、その期間、お坊さんたちは旅を一旦止めて、一ヵ所に逗留しなければなりません。これを仏教用語で「雨安居」と言うのです。ちょうどペールヴァ村に向かう頃、雨期にさしかかったのでしょう、ブッダと弟子たちはこの村で雨安居に入ったのです。五月から七月くらいの時期です。

なぜお坊さんは雨期の間、旅をしてはならないのでしょうか。それは殺生の問題と関係しています。インドの雨期は土砂降りのスコールが続きますから、道も水であふれかえって、足下が見えなくなります。そんな中をやたらと歩きまわれば、知らぬ間に虫を踏み殺すことになるでしょう。「知らなかった」では言い訳になりません。大雨の中を歩けば虫を踏む、ということは分かっているのですから、それが分かっていて歩き回ればそれは「故意の殺生」ということになってしまいます。

雨の中を僧侶が歩いているのを人が見れば、「ああ、なんて思いやりのない人たちだ」と、これまた信用の失墜《しっつい》です。このような事態を防ぐためブッダは、「雨期の間は宿所を変えず、外出の機会をできるだけ減らすようにせよ」と命じたのです。この雨安居の習慣は厳密に守られていて、たとえば三蔵法師玄奘[*5]が中国からインドへ向かう旅の途中でも、雨期・雨安居の三ヵ月は旅先でじっと一ヵ所に留まっていたと記録に書かれています。

さてペールヴァ村で雨安居を迎えることになったブッダは弟子たちに、「私とアーナンダはここで雨安居するので、皆はそれぞれに知り合いのいるサンガを頼って行き、そこで雨安居に入りなさい」と告げます。しばし解散、というわけです。そしてアーナンダと二人で雨安居に入るのですが、その時ブッダは病気になります。命にかかわる重病です。

激しい身体の痛みに耐えながら、ブッダはこんなことを考えます。

「私が皆に別れを告げず、今すぐに涅槃することはふさわしくない。私はこの病気をこらえて、寿命を留めることにしよう」

解散して、アーナンダ以外の弟子たちはそれぞれ別の場所に行っていますから、このまま病気で死んでしまえば彼らとは二度と会えません。もうしばらく命を長らえて、説き示すべきことをすべて説いてから死にたいと思ったのです。この病気のエピソードは、ブッダがこの時、自分で死期を悟ったということを表しているのでしょう。もうすぐ死ぬということを予感し、「さあでは、その前にやるべきことをやっておかねば」と決意した、その時のブッダの心情を表しているのだと思えます。ここから『涅槃経』のクライマックス、ブッダの涅槃への本格的な描写が始まるのです。

自分自身を拠り所として生きる

もう少しがんばることを決めたブッダは、やがて病から回復します。しかし、今までずっとブッダの側に仕えていて、その衰弱ぶりを目の当たりにしていたアーナンダは、自分の先生に死が近づいているのを感じたのでしょうか、「指導者がいなくなった時、私たちはなにを拠り所にして道を歩めばよいのでしょうか」と、ブッダに尋ねます。仏教徒にとって最も切実な質問を切り出したのです。

それを聞いたブッダは、次のような驚くべき言葉を口にします。

「比丘サンガが私になにを求めるというのか。私は一切の隔てなく、すべての法を説いた。なにかを弟子に隠すような師匠の握り拳[*6]などない。私をサンガの指導者だというのなら、なにかを命じることもあるであろうが、私は指導者だと思ってはいないのだから、なにも命じることなどない。私はもう八十歳になり、身体も弱った。あらゆるものごとの特性に心を向けず、一部の感受を消し去り、特性のない心の三昧《さんまい》[*7]に入ると、身体は穏やかな苦しみのない状態になるのである」

「教えるべきことはすべて教えた。隠すような秘密の教えなどなにもない。サンガの指導者ではないのだから指示することなどなにもない。おだやかに人生を終えたい」と言うのです。先に「サンガは、リーダーのいない組織である」と何度か申し上げましたが、ブッダ自身が「私はサンガの指導者だと思っていない」と言っているのがポイントです。実質的にはサンガの中心的指導者であったにもかかわらず、本人にはリーダーという意識さえなかったということです。

　これは謙虚とかおくゆかしいとか、そういう心情とは違うものだと思います。むしろそれは、自分の生き方に対する絶対的な自信の表れなのではないかと思うのです。ブッダという人はキリストやムハンマド（マホメット）[*8]のように、神の言葉を人間に伝える伝達者ではありません。ブッダは、「全知全能の救済者などどこにもいない」という確信のもと、「普通の人間が自分の力で究極の安楽を見いだすにはどうしたらよいか」という問題を自力で解決し、それをまわりの人たちにも教えてくれた、一人の人間です。ですからブッダの言葉というのはすべて、ブッダ本人が自分で見つけ出した真理であって、それを他の人にも知ってもらいたくて語っているものなのです。それなのに「これだけは秘密の法だから教えない」などという下劣な思いを持つはずがありません。ブッダからみれば自分の弟子たちは皆かわいい後輩です。ありったけの知識を伝え、全員を安楽の道へと導くことこそがブッダの生きがいでした。

　ここでブッダが「もう教えることはない。私はサンガの指導者ではない」と言っているのは、そういった生きがいが十分に達成されたという満足感の現れ、「やることはすべてやった」という充実感の現れとして読むべきです。これを聞いて弟子たちは、「ああ、ブッダは私たちにすべての真理を教えてくださったのだ。これ以上のことを探し求める必要はない。今まで聞いてきた教えをそのままに実践していけば、必ず悟ることができるのだ」と安心することができます。弟子たちの心情を深く酌み取った、思いやりあふれる言葉として読み解くことができるでしょう。

「私は説くべきことをすべて説いた」と言ったその後、ブッダは、『涅槃経』の要《かなめ》ともなる重大な言葉をアーナンダに語ります。

自分自身を島とし、自分自身を拠り所として生きよ。それ以外のものを拠り所にしてはならない。ブッダの教え（法）を島とし、ブッダの教えを拠り所として生きよ。それ以外のものを拠り所にしてはならない。

「自分自身とブッダの教え、この二つだけを島として生きよ」と言っています。島というのは川の中の島、つまり中洲のような場所を指します。洪水にあって流された人が必死でもがいている時、川の中洲（島）につかまることができれば、それを頼りにして命拾いすることができます。島とは、「苦しみの洪水に流され続けている私たちが、そこから逃れ出ることのできる唯一の拠り所」を意味しているのです。

その島が「自分自身」と「ブッダの教え」の二つだけだ、と言うのですから、ここでブッダが語っているのは、「私が死んだ後にお前たちが拠り所とすべきものは、私がこれまで語ってきた教えと、そしてお前たち自身の努力だけだ」ということになります。

この遺言こそが、「自洲法洲」と呼ばれる、仏教世界で最も有名な教えのひとつです。「洲」は島のことですから、「自分と法を島にせよ」という文字通りの意味を表しています。

日本では同じ教えが「自《じ》灯明《とうみょう》法《ほう》灯明《とうみょう》」と言われていて、こちらをご存じの方は多いでしょう。暗闇の世の中を歩んで行く時、唯一頼りになる灯明は、自分とブッダの教えだけであると言うのですから、「自洲法洲」と意味するところは同じです。もともと「自洲法洲」と「自灯明法灯明」は全く同じ文で、「自分自身とブッダの教えをディーパとして生きてゆけ」となっているのですが、そのインド語のディーパという単語が、読みようによって「島」と読めたり「灯明」と読めたりするもので、人によって解釈が違ってきたのです。

しかし、島であろうが灯明であろうが、ブッダの言いたかったことに違いはありません。「私の説いた教えをしっかり学べ。そしてその教えを元にして、お前たち自身が精励努力せよ。それ以外に、生きる苦しみから逃れる術はない」と断言したのです。

この言葉は、「釈迦の仏教」の基本が、外部の絶対存在にすべてをゆだねる「信仰の世界」ではないことをはっきり示しています。仏教がブッダという存在を絶対的に信仰する宗教なら「私を島とせよ」と言うはずですが、ここでは「私の教えを島とせよ」と言っています。それに信仰の宗教なら、「自分を拠り所にせよ」とは絶対に言いません。信仰とは、自分の外側に存在する「なにか」を丸ごと信じ、そこに救済を求めるものですから、「自分でなんとかしていく」という思いは現れないのです。このように考えてくると、この「自洲法洲」という遺言は、仏教の本質を見事に表していることが分かります。

仏教とは、ブッダを神のようにあがめる宗教なのではなく、一人の人間としてのブッダが説き残した、その言葉を信頼する宗教であり、しかもその言葉を単に床の間に飾っておくのではなく、言葉の指示に従って自分自身で努力していかなくてはならない宗教だ、ということなのです。

仏教の本義は、自分の努力で自分を変えていく「自己鍛錬の道」だということをきわめて明確に示しているという点で、「自洲法洲」の重要性はいくら強調してもしすぎることはありません。

既存の考え方を一度リセットせよ

お経の場面に戻ります。「自洲法洲」に続けてブッダは、「自分と法を拠り所にして生きる際の具体的修行方法」について語ります。それは「四念処《しねんじょ》」と呼ばれる修行方法です。仏道修行は「四念処」以外にもいろいろ決められているのですが、「四念処」はそれらの中でも基本中の基本とされています。おそらくブッダは、「私の教えを元にして自分で努力していくというのは、たとえばこういうことだ」といって、最も基本となる「四念処」をとりあげたのでしょう。

その四念処は、「身《しん》」「受《じゅ》」「心《しん》」「法《ほう》」という四項目から成っています。もっと分かりやすく言い直すと、「我々の肉体（身）」「外界からの刺激に対する感受作用（受）」「心」、そして「この世のすべての存在要素（法）」です。私たちはこの四つの項目について、生まれつき間違った捉え方をしてしまうのですが、その間違った捉え方こそが煩悩の原因となります。したがって仏道修行に入る人は、この四項目を常に念頭に置き、間違った見方を捨てて、正しい姿を捉えるように気をつけねばなりません。そのような態度をしっかり修得していくこと、それが「四念処」という修行なのです。

『涅槃経』では詳しい説明が省かれていますが、この「四念処」についてもう少し解説

四念処

四念処とは…… 仏道修行の第一歩

【生まれつき間違った考え方・捉え方をしてしまう4項目】

「身」＝我々の肉体

「人の肉体は素敵で好ましいものだ」

「受」＝外界からの刺激に対する感受作用

「この世には楽しいことがたくさんある」

「心」＝我々の心

「一人の人間に同じ一つの心がずっと続いている」

「法」＝この世のすべての構成要素

「法の中に“我”も含まれている」

この間違った捉え方が煩悩の原因

生まれつき持っている間違った見方をリセットし、
正しい見方に矯正する修行

しましょう。

たとえば最初の「身」について言いますと、私たちは普段、人の肉体は素敵で好ましいものだと考えています。愛しい異性の身体を美しいと思うのは当然ながら、自分自身の肉体に対しても「かけがえのないもの」「大切なもの」という意識を持っているはずです。しかし「釈迦の仏教」では、そうした捉え方は自分中心の間違ったものの見方だと考えます。肉体は客観的に見れば、様々なドロドロした器官の集まりにすぎない、それが集まって動き回っているのが「身」の本性だ、というのが仏教の考え方です。本来ならば執着する価値のないものなのに、「自分に都合のよいものは好ましく見える」という執着のフィルターをかけて眺めるから錯覚が起こる。いくらそう見えても、現実と願望は違うのですから、いずれそのギャップが心に苦悩を生むということです。

このフィルターを取り除くには、「身」は決して自分で思い込んでいるような素敵で好ましいものなのではない、ということを常々心に刻み込んでおく必要があります。そのための修行が「四念処」の「身」なのです。

タイなど南方仏教国のお寺には、事故や病気で亡くなった人の死体写真や、死体を描いた図像が用意されていることがあります。日本なら不謹慎だと思われるかもしれませんが、じつはこれも四念処とつながっています。グロテスクな死体写真を見ることで、人の身体も所詮は器官の集まりに過ぎないということを心に焼き付けるのです。

二つめの「受」は、「感受作用」です。私たちのまわりには心地よいと感じること、楽しいと感じることがたくさんあります。しかし、それも所詮は欲望のフィルターを通した感覚にすぎず、正しく観察すれば執着や憎しみといった煩悩の発生源にすぎない。みな「苦」なのだと理解せよということです。

三つめは「心」です。普段私たちは「自分というものがある」と思い込んでいますが、実際には一瞬ごとに消滅する認識作用の連続にすぎません。記憶作用のせいで「一人の人間の心がずっと続いている」などと錯覚するけれど、いつまでも変わらない自分の本体などはどこにもなく、すべては移ろいゆく要素の一時的集合体なのだという事実を会得していくことです。

最後の「法」というのは、世界のすべての構成要素のことですが、私たちは、その法の中に「自分」という存在も含まれていると思いがちです。「この世には私というものが間違いなく存在している」という確信です。しかし仏教は、それも錯覚だと言います。この世に「自分」などというものはない。単なる構成要素の一時的集合を、「自分」という実在物だと錯覚しているにすぎないというのです。これを「諸法無我《しょほうむが》」と言います。それを実感として体得するのが、「四念処」の「法」です。

以上が四念処の基本的な考え方です。ひとことで言えば、「生まれつき持っている間違った見方をリセットし、正しい見方に矯正する修行法」です。先に言ったとおり、四念処はあくまで仏道修行の最初の一歩に過ぎません。まずは四念処から修行に入り、数々のステップを経たそのはるか先に、最終的な涅槃の境地が待っているのです。

当たり前だと思っていた世界観が、ブッダの教えを実践することによって劇的に転換していく。これは仏道修行者にとっては大いなる驚きであると同時に素晴らしい喜びでもあったに違いありません。ブッダの遺言「自洲法洲」は、自分がいなくなった後も末永く、出家者たちにその喜びを与え続けたいというブッダの思いを表現しているのです。

＊1　コーティ村、ナーディカ村

ガンジス川、ガンダク川など五河が合流するあたりにあったヴァッジ国の村と考えられている。

＊2　ヴェーサーリー

ガンダク河畔の都市。ヴァッジ国を構成する八部族の一つ「リッチャヴィ族」の拠点で、政治・商業の中心都市として賑わっていた。

＊3　オウム真理教

一九八〇～九〇年代に存在した新宗教団体。原始仏教・チベット仏教のほか、さまざまな神秘思想も取り込んで信者を増加させたが、次第に非合法活動に傾斜し、松本サリン事件、地下鉄サリン事件などの重大事件を引き起こした。

＊4　雨安居

パーリ語で「ヴァッサ」（「雨」「雨期」の意）。日本では『日本書紀』天武天皇十二年（六八三）七月条「是の夏に、始めて僧尼を請（ま）せて、宮中に安居せしむ」が初見。

＊5　三蔵法師玄奘

唐の時代の中国僧。六二九年、中央アジアを経てインドに入る。六四五年、大部の経典原典を携えて帰国、仏典漢訳事業に取り組む。インド旅行中の記録が『大唐西域記』。

＊6　師匠の握り拳

仏教以外の宗教では、「師匠の握り拳」といって、師匠が握り拳のなかに隠すように秘めておいたことを、死の床で気に入った弟子だけに伝授することがある。しかし仏教には、そのような「握り拳」（秘密）などない、との意。

＊7　三昧

心が統一された状態に入って、とどまること。精神集中状態。サンスクリット語「サマーディ」の音写。

＊8　ムハンマド（マホメット）

五七〇～六三二頃。アラビアの預言者、イスラム教の開祖。六一〇年啓示を受け、唯一神アッラーへの絶対服従と、アッラーの下での全人平等を説く教え、すなわち「イスラム教」を開いた。

第3章——諸行無常を姿で示す

悪魔と交わした約束

一度は大病を患《わずら》って命が尽きかけたものの、再び元気を取り戻したブッダは、ヴェーサーリーのベールヴァ村で雨安居を終えた後、おなじヴェーサーリーの郊外にあるチャーパーラチェーティヤという場所に向かいます。到着したブッダはアーナンダに次のように語りかけます。

「ヴェーサーリーはいいところだ。ウデーナ、ゴータマカ、サッタンバカ、バフプッタ、サーランダダ、チャーパーラといった各チェーティヤ（聖地）は皆いいところだ。アーナンダよ、四神足《しじんそく》を成し遂げた者（ブッダのこと）は、望めば寿命のある限り、あるいは寿命よりも長くこの世に留まることができるのだぞ」

冒頭のヴェーサーリーという地名はすでに出てきました。前章のアンバパーリーのマンゴー園などを含む大都市の名前です。それに続くウデーナ、ゴータマカなどは、そこにある聖地としての名所の名前です。日本に置き換えるなら「京都はいいなあ。清水寺、嵐山、金閣寺、どれもいいなあ」と言っているようなものです。ブッダは、「ここはいいところだ」と感動しているのです。その後の「四神足」とは、神通力を得るために行う「欲神足・勤《ごん》神足・心神足・観神足」という四種の修行のことです。それを成し遂げた、と言うのですからつまりブッダのことです。全体を分かりやすくまとめると、「ああ、このあたりはいいところだ。なあアーナンダよ、もしお前が私に、もっと長生きして欲しいと願うなら、私はまだまだ生き続けることができるのだぞ」と言っているのです。ブッダにはこのように、他者の利益のために、寿命をある程度伸ばしたり縮めたりする力があるとされているのです。*1

もし皆さんがアーナンダの立場だったらなんと答えますか？「それならどうぞ、いつまでも長生きして、私たちに教えを説き続けて下さい」と言うはずです。ところがアーナンダはぼーっとした顔でなにも答えなかったのです。

ブッダは、「お前が願うなら、私はもっと長く生きることも可能だ」と言いました。これは言い換えれば、「誰かが願わない限り、私は自分で勝手に死期を延ばすことはできないのだ」ということです。それは本人の「長生きしたい」という欲望でかなうものではなく、まわりの人々が「どうぞもっと長生きして、私たちを助けて下さい」と願った時、はじめて可能になるというのです。ブッダが長生きするというのは、あくまで「他者のため」でなければならないという、仏教らしい原理です。

ではなぜアーナンダは、ブッダの長生きを願わなかったのでしょうか？『涅槃経』はその理由を、「アーナンダが悪魔に取り憑かれていたからだ」と言います。仏教にも悪魔というのがいるのです。パーリ語ではマーラといいます。

この悪魔という存在は、いろいろなお経に登場するおなじみのキャラクターですが、いつでも仏教の邪魔をする悪役です。悟りを開こうと努力しているブッダの気を散らして修行の邪魔をしたり、教えが広まることを妨害したり、そしてこの『涅槃経』では、アーナンダに取り憑いて判断力を鈍らせ、せっかくブッダが「お前が頼めば私は長生きするぞ」と言っているのに、「はあ」と、ぼけた返事をさせています。ブッダを早死にさせようという計略です。

悪魔というのは、「皆がブッダの教えによって涅槃に入ることをよく思わない、仏教嫌いの気持ち」をシンボル化したものです。ブッダが亡くなった後も悪魔はずっと存在していて、隙あらば仏教を滅ぼそうと狙っています。そして実際、この悪魔がいろいろ悪さをするせいで、煩悩を消すための仏道修行において、私たちは様々な妨害を受けているというのです。仏教に対する永遠の敵役《かたきやく》といったところですね。その悪魔が取り憑いたせいで、アーナンダは頭が呆けてしまったのです。

こうしてアーナンダに取り憑くことでブッダの長生きを封じ込めた悪魔は、いよいよブッダの眼前に姿を現し、すぐ涅槃に入ることを勧めます。「早く死んでください」というわけです。ブッダはしつこく迫る悪魔に対し、ついに「あせるでない。三ヵ月後には涅槃に入るであろう」と約束してしまいます。『涅槃経』では、この時の様子を「ブッダはチャーパーラチェーティヤの地で、生命力を捨てた」と表現しています。

私は「生命力」と訳しましたが、パーリ語の原典には「アーユサンカーラを捨てた」とあります。「アーユ」は「命」で、「サンカーラ」は「持続力」といった意味です。つまり生命の持続力を放棄して、残った慣性力だけであと三ヵ月だけ生きることにした、という意味です。

悪魔の思惑どおり、ブッダがこれ以上長生きする道は断ち切られました。ここには「本当ならブッダにはまだまだこの世にいて欲しかったのに、諸行無常の定めに逆らうことはできず亡くなってしまった」という経典編集者の無念の思いが溢《あふ》れているように思えます。

「利他」には二つの意味がある

余命三ヵ月となったブッダはその後、たびたび弟子たちを集めて、精力的に教えを説きはじめます。「自洲法洲」の「法」を確実に残しておきたいという思いが強くなったのでしょう。まず重閣講堂という建物に集合した弟子たちにブッダは、「三十七菩提《ぼだい》分法をよく実践せよ。それが世間の人々の利益と安楽に役立つのだ」と語ります。

「三十七菩提分法」とは具体的には、四念処、四正勤《ししょうごん》、四神足、五根、五力、七覚支《しちかくし》、八正道《はっしょうどう》の総計三十七種の修行方法です。いわば「悟り」への全ステップの一覧表です。

前章で、最初の「四念処」を紹介し、それはあくまで仏道修行の最初の一歩だと言いましたが、その先にある悟りのステップをすべて、ここで述べているのです。

「四念処」はすでに説明しました。「身・受・心・法」の四つを常に念頭において、間違ったものの見方を修正するための修行です。三番目の「四神足」も、先ほど出てきましたが、神通力を得るための四種の修行です。それ以外の「四正勤」「五根」「七覚支」は、紙数の都合があるのでここでは詳述しませんが（79頁を参照ください）、最後の「八正道」については、仏教の基本的な教えとして非常に重要なので解説しておきましょう。

「八正道」とは、煩悩を消滅させるための具体的な八つの道のことで、中身は以下の八つです。「正見《しょうけん》（正しいものの見方）」「正思惟《しょうしゆい》（正しい考え方）」「正語《しょうご》（正しい言葉）」「正業《しょうごう》（正しい行い）」「正命《しょうみょう》（正しい生活）」「正精進《しょうしょうじん》（正しい努力）」「正念《しょうねん》（正しい自覚）」「正定《しょうじょう》（正しい瞑想《めいそう》）」。言葉にすれば、ただ正しいことをしなさいと説いているようにも思えますが、この「正しい」という形容詞が重要です。以前の「100分de名著」ブックス『ブッダ　真理のことば』（ダンマパダ）でも説明したことです

三十七菩提分法

修行によって悟りを得るためのカリキュラム

【四念処】
- 身……我々の肉体
- 受……外界からの刺激に対する感受作用
- 心……我々の心
- 法……この世のすべての存在要素

生まれつき持っている間違った見方をリセットし、正しい見方に矯正する修行

【四正勤】
- 律儀断……まだ生じていない悪を生じないように勤める
- 断断……すでに生じた悪を除くように勤める
- 随護断……まだ生じていない善を生じるように勤める
- 修断……すでに生じた善を増すように勤める

【四神足】
- 欲神足
- 勤神足
- 心神足
- 観神足

神通力を得るための四つの修行

【五根】
【五力】
- 信（根・力）
- 勤（根・力）
- 念（根・力）
- 定（根・力）
- 慧（根・力）

悟りに至るための高度な能力と力を得るための修行

【七覚支】
- 念覚支
- 択法覚支
- 精進覚支
- 喜覚支
- 軽安覚支
- 定覚支
- 捨覚支

悟りの智慧を助けるための修行

【八正道】
- 正見……正しいものの見方
- 正思惟……正しい考えをもつ
- 正語……正しい言葉を語る
- 正業……正しい行いをする
- 正命……正しい生活を送る
- 正精進……正しい努力をする
- 正念……正しい自覚をする
- 正定……正しい瞑想をする

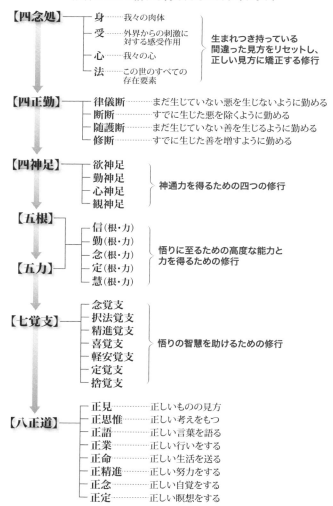

が、「八正道」の基本は「自分中心の誤った考え方を捨てて、この世のありさまを正しくありのままに見る」ための日々の生活方法です。これを守って誠実に日を送れば、必ず煩悩を消すことができ、悟りに到達できると言っているのです。

三十七菩提分法のすべてに言えることですが、ここでブッダが説く修行の道には、肉体的修練が一つも含まれていません。滝に打たれたり、火の上を歩いたりといったものは一つもなく、どれをとっても、自分の心のあり方をよりよい方向に変えていく、という心の修行ばかりです。ブッダは若い頃、肉体的苦行を試したこともあるのですが、それが「心の苦しみ」を消すためには役に立たないと見抜いて、それ以来、苦行を否定したのです。三十七菩提分法には、そのブッダの思想が明確に反映されています。仏教の修行とは、あくまで心を磨く作業なのです。

ここで「三十七菩提分法は世間の人々の利益と安楽に役立つ」と言っている点に注目しましょう。仏道修行は、本来、自分の内部にある煩悩を消し去るために行うのであって、他の人を助けるのが目的ではありません。それなのに、なぜ自分の修行が他者の役に立つのでしょうか。ここに、「慈悲」という仏教で最も大切な教えの本質が表されています。

たとえば、私がサンガの中で自分の悟りのために修行しているとしましょう。それは直接、誰かの役に立っているわけではないし、誰かを助けることにもなりません。しかし、そうやって修行に励む姿は、まわりの人たちを感化します。世の苦しみを抱えて暮らす他の人たちに、「そうか、こういう道もあるのか」と示すことができます。これこそが「釈迦の仏教」でいう慈悲です。よく子どもは親の背を見て育つと言いますが、それと同じで、真剣に修行している背中を見せることが、多くの人の利益と安楽に役立つのです。

この「釈迦の仏教」の慈悲の考えも、のちに大乗仏教が現れるとずいぶん方向が変わってきて、もっと極端で直接的になります。つまり、「自分を犠牲にすることが慈悲の精神だ」と捉えられるようになってくるのです。両者の違いは、動物の行動にたとえると分かりやすいでしょう。親鳥は子どもの前でエサを取って見せますが、それを見た雛鳥《ひなどり》は、親に倣《なら》って自分でエサを取るようになります。つまり、エサを取る自分の姿を子どもに見せることが、結局は子どもを助けること、すなわち教育になる――これが「釈迦の仏教」でいう慈悲です。対して大乗では、たとえば飢えたトラを助けるために「私を食べなさい」とトラの前に身を投げる。それを慈悲だと言うのです。自己犠牲の心ですね。

この、本質的に異なる二種の行動を簡単に「利他」という言葉で一括《ひとくく》りにしてしまうため、混乱が生じます。昔から大乗仏教の人たちは、「小乗仏教（「釈迦の仏教」に対する蔑称）は自分の修行だけを考えて、他人のことなど考えない。まったく利己的で了見の狭い教えだ。それに対して大乗仏教は利他を説く。大乗仏教こそが慈悲の宗教なのだ」と批判してきました。しかしそれが的外れであることは分かっていただけると思います。ひとことで「利他」と言っても、そこには複数の違った意味があるという点を、この機会に知っていただけるなら幸いです。他者を助ける道は一つではないのです。

大乗仏教誕生の理由

重閣講堂で説法を終えたブッダは、何ヵ所か立ち寄った後、ボーガ町に到着します。そしてそこで、サンガの維持に関する大変重要な教えを説きます。それは、ブッダがいなくなった状況で、「正しい教え」と「間違った教え」を区別する判断基準です。

一人の比丘が「これはブッダから直接聞いた教えです。直接聞いた法律です。直接聞いた指示です」と言ったとしても、安易に判定してはならない。その文言を一つずつ経典や律と比較対照し、一致しなければ「この者の誤解である」として拒否せよ。もし一致するなら、それをブッダの言葉として承認せよ。

「誰かの主張することが、正しい仏教の教えであるかどうかを吟味する方法は一つしかない。それは残されたお経や律[*2]の言葉と一致しているかどうかである」というのが、ここでのブッダの教えです。

ここは仏教の教えを守っていくためのキーポイントです。お経や律、つまり仏教の聖典と矛盾するような事柄は、「仏教の教えではない」として否定せよ、と言うのです。考えてみれば当然のことです。お経や律に書いてない勝手なことを「仏教だ」と言い出すなら、仏教はなんでもありの曖昧《あいまい》な宗教になっていくでしょう。そういった事態を防ぐため、ブッダは教えの正統性を裏付けることのできる基準を、ここで定めているのです。

実を言うと、この基準を適度にゆるめて、「今あるお経や律と一致しなくても、よくよく考えて理屈が通っていることなら、ブッダの教えと考えてよいではないか」と主張する人が、ブッダの死後四、五百年もすると複数現れるようになりました。一見、道理にかなったことを言っているようにも思いますが、「なにが理屈の通ったことで、なにがそうでないか」は、個人個人の視点により違ってきます。その結果として「釈迦の仏教」が伝えるニカーヤ（阿含経）とは全く違う思想を説く、新興の仏教が続々と登場してきました。それが大乗仏教です。

あるいはこういう大乗仏教もあります。「ニカーヤをブッダの教えとして信奉している人もいるが、ニカーヤというのは実はブッダが説いた真の教えではない。無智な人たちは知らないかもしれないが、ブッダの教えは凡人の手の届かない別のところで秘密裏に伝えられてきたのである。しかしそれも今ついにベールを脱ぐ時がきた。それがこのお経である」と言って、新たな大乗のお経を広めたのです。

なにを基準として教えの正統性を認定するか、という問題は、じつは仏教の歴史を変える大変な論点になってきたのですが、その最初の基点こそが、このボーガ町での遺言なのです。この遺言をそのまま守って今に至ったのがスリランカなどの南方仏教国であり、それを拡大解釈することで新たな仏教世界に踏み込んだのが日本などの大乗仏教国だった、ということになるでしょう。

ブッダの死因は食中毒だった

『涅槃経』で、場面はいよいよブッダの最後の食事へと移っていきます。パーヴァー村*3へ移動したブッダは、熱心な信者であるチュンダという鍛冶屋《かじ》さんの家へ食事に招かれました。そこで出された「スーカラ・マッダヴァ」という食べ物を食べたのがブッダの最後の食事です。そしてそれが食中毒を引き起こし、ブッダは亡くなるのです。

この「スーカラ・マッダヴァ」なるものが、どんな食品であったのかは、実ははっきりしていません。「スーカラ」は豚で「マッダヴァ」は「柔らかい」という意味ですから、無理に訳せば「柔らか豚」となりますが、これが何を示しているのかについては諸説あります。そのうちの一つは豚肉説です。たしかに火をよく通さない豚肉を食べれば食中毒を起こすでしょう。チュンダは豚肉を差し上げたのかもしれません。

「お坊さんは肉を食べてはいけないのでは?」と疑問を抱く方がいらっしゃるかもしれませんが、もともと仏教は肉食を禁じていません。肉を食べなくなったのは、ずっと後、大乗仏教になってからの話で、ブッダの時代は肉でも魚でも、いただいた食品はなんでも有り難く食べていました。もちろん今でも、「釈迦の仏教」を受け継ぐ南方仏教国のお坊さんたちは普通に肉食しています。「仏教は精進料理ばかりで肉は食べない」というのは、仏教世界のごく一部でしか通用しない特殊なケースなのです。

「スーカラ・マッダヴァ」に関するもう一つの有力な説は、毒キノコではないかというものです。世界三大珍味の一つとされるトリュフ[*4]というキノコは、豚が地面に鼻を擦《こす》りつけながら探しますから、豚のイメージと重なります。なにかそういった類のキノコの名前だったのかもしれません。いずれにせよ、ブッダがなにかを食べて食中毒を起こし、お腹をこわして亡くなったことだけは確かです。

それにしても、偉大な宗教家であるブッダの死因が食中毒とはなんとも人間くさい話です。そして私は、ここが仏教の素晴らしさだとつくづく思うのです。仏教は奇跡や神秘で成り立つ宗教ではありません。ブッダという一人の人間が、悩んで迷って、試行錯誤の末に見いだした、言ってみれば「人のために人が見つけ出した宗教」です。その創始者であるブッダが、最も人らしい普通の亡くなり方をするというところに、その本質がよく表現されていると思います。

誰が『涅槃経』を編集したのか知りませんが、仏教の本義を大変深く理解し、それを誰にでも感じ取れる分かりやすいイメージで表現することのできた、智慧深い人物であったことは間違いないでしょう。

最後の在家信者プックサ

チュンダの家での食事を終えたブッダはひどい下痢に苦しみながら、命尽きる場所を探してクシナーラーという場所へ向かいます。現在のこの地は「ブッダ終焉《しゅうえん》の地」として巡礼の聖地になっていますが、当時は寂れた田舎町でした。クシナーラーへ向かう途中、道端の木の下でブッダは立ち止まり、アーナンダに「疲れて座りたいので、正装衣（サンガーティ）を四つ折りにして敷いてくれ」と命じます。

お坊さんは普通、僧服を三枚持っています。下着と普段着と、そして正式な場で上に羽織るサンガーティという名の正装衣です。どれも一枚の布なのですが、それらを独特の方法で身体に巻いて着るのです。テレビなどでタイやスリランカのお坊さんたちが托鉢に行くシーンを見ますが、あそこで一番上に羽織っている黄色い布がサンガーティです。

サンガーティは着物としてだけでなく、さまざまな用途で使われます。たとえば、旅先で川の水を濾《こ》して飲む際の濾過《ろか》器として使います。水の中には目には見えない小さな虫がいて、それをそのまま飲んでしまうと殺生になってしまうので、必ず濾過してから飲むのです。ほかにもさまざまな活用法がありますが、この時ブッダは折りたたんで敷物として使おうとしたのです。

サンガーティを敷いて座ったブッダは、下痢による脱水状態に陥っていたためでしょう、「水を持ってきてくれ」とアーナンダに命じ、一服します。するとそこに、アーラーラ・カーラーマの弟子であるプックサという修行者が通りかかりました。アーラーラ・カーラーマとは、ブッダが出家してまだかけだしの修行者だった頃、初めて瞑想の方法を習った先生です。プックサはその人の弟子だというのですから、ブッダにとっては昔の恩師の弟子ということになります。ただしブッダは、決してアーラーラ・カーラーマの教えに心酔したわけではなく、その後袂《たもと》を分かって独自に仏教を生み出したわけですから、あくまでプックサは異教の信者ということになります。

そのプックサはブッダに、「出家者が心静かに座っている姿は素晴らしいものですね。昔、アーラーラ・カーラーマ先生が道ばたの木の下に座って瞑想していた時、近くを五百台の車が通りかかっても、先生は気づくことがなかった。それくらい深い瞑想に入っておられたのです。それを知って驚いた通りがかりの男が、先生の信奉者になりました」と言います。プックサは、自分の先生がどれだけ素晴らしいのかを自慢げに語ったわけです。しかし、ブッダはプックサに次のように答えます。

「私は以前、アートゥマー村の粗末な小屋の中にいた。その時、雷鳴がとどろき、雷が落ちて、その家の農夫二人と四頭の牛が打たれて死んだ。しかし瞑想に入っていた私は全く気付かなかった。それを知った近くの男は、私の信奉者になり、礼をしてから立ち去ったものだ」

なんとも面白いことに、ここでブッダは、「俺の方がすごいぞ」と自慢しているのです。これだけ読むと「我を捨てよ」という自分の教えと真反対のことをしているようで、変な感じがしますが、実はこの話は、アーラーラ・カーラーマの信者であるプックサの気持ちを変えさせ、仏教信者にするというブッダ最後の布教活動を紹介する伏線になっているのです。

ブッダの言葉を聞いたプックサは、「ああ、この人はアーラーラ・カーラーマ先生より上だ」と思い、「私は今日から世尊（ブッダ）に帰依《きえ》します。今日からずっと、在家信者として生きていきます」と宣言して、ブッダの最後の在家信者になったのです。そしてプックサは、お布施として二枚の柔らかい絹でできた黄金の衣を差し出した後、その場所から立ち去ります。こうしてプックサは、ブッダに直接帰依した最後の在家信者となりました。

黄金に輝くブッダ

その後、不思議なことが起こります。アーナンダがプックサからもらった黄金の衣をブッダに着せ掛けようとすると、衣の輝きがすーっと薄れてしまったのです。これは実際に衣の輝きが消えたのではなく、ブッダが黄金の衣よりも強い輝きを放っていたため、光を通して衣が色褪《あ》せて見えたからです。ブッダはこの現象について、「如来の皮膚は、悟りを得た夜と、涅槃に入る夜は清らかに輝くのである」[*5]と、その理由をアーナンダに説明します。この時、そうやってブッダの身体が金色に輝いたということは、ブッダがこの日の夜に亡くなるという ある種の予言になっているのです。

ちなみにタイやスリランカのお寺にある仏像の多くは、金色に光り輝いています。日本のお寺の仏像も昔はみんな金色でしたが、今は時代を経て黒っぽい色になっています。私たちにはピカピカの仏像よりも、色褪せて時代を感じさせるもののほうが、仏教らしく、有り難いように感じられるのですが、そう思うのは日本人だけです。ブッダは金ピカが本来の姿です。南方仏教国の大きなお寺では、仏像の横には金箔を売る店があって、参拝者はそこで金箔を買って仏像にペタリと貼り付けていきます。ですからいつまでも仏像は金ピカのままです。みんながどんどん金箔を重ねて貼っていくので、仏像は徐々に太っていくということです。

金色に光り輝く身体となったブッダが、いよいよ涅槃に入る場面へと話を進めましょう。プックサからもらった金色の衣を着たブッダは、アーナンダに向かってこう語ります。

「今夜、クシナーラーのウパヴァッタナにあるサーラ林の、二本並んだ木のところで、私は涅槃に入ろう」

「サーラ林の二本並んだ木」――そう、これがいわゆる「沙羅双樹《さらそうじゅ》」のことです。沙羅双樹という木の名前だと勘違いしている人もいるようですが、「サーラ（沙羅）の木」

スリランカのダンブッラ石窟寺院の仏たち（写真提供／ユニフォトプレス）

という椿《つばき》の一種です。それが二本並んでいるので「双樹」です。ここが、ブッダが自ら選んだ入滅の地というわけです。

余談ですが、沙羅双樹といえば『平家物語』*6の冒頭部分を思い出す方も多いでしょう。「祇園精舎《ぎおんしょうじゃ》の鐘の声、諸行無常の響きあり、沙羅双樹の花の色、盛者必衰《じょうしゃひっすい》の理《ことわり》をあらわす」。この一節は、平家が没落していくさまを、ブッダの入滅に重ねて描写したものとして有名ですが、『涅槃経』を読むと、状景はだいぶ違っています。『平家物語』では、沙羅双樹の花の色が褪せて白くなり、それが盛者必衰の様子を示すものと表現されていますが、この『涅槃経』では、ブッダが涅槃に入る時に花の色が褪せたとはどこにも書かれていません。では何が起こったかというと、それまで花のついていなかった沙羅双樹が、季節外れの花をぱっと咲かせた、と言っています。寂しい状景ではなく、むしろ逆に華やかな現象が起こったのです。

ついでにいえば、「祇園精舎の鐘の声、諸行無常の響きあり」という部分も違います。もの悲しい雰囲気を醸《かも》し出すために、ゴーンと鳴った鐘の音がだんだんに消えていくという状景を描いたと思われますが、ブッダの時代のインドのお寺に鐘はありません。鐘は中国の寺が発祥で、インドでは鐘ではなく「カンチー」という木の板があって、食事や修行の際には板を叩いて合図を送っていました。

話を戻しましょう。ブッダは沙羅双樹に向かう途中、弟子たちと一緒にカクッター川に行き、最後の沐浴《もくよく》を行います。そして、沐浴を済ませたブッダが川の水で喉《のど》を潤《うるお》し、流れを渡って対岸の林へと入ったところで、最後の食事を供養したチュンダのことを気遣って、次のように言い残すのです。

「誰かがチュンダに、『お前の差し上げた最後の食事でブッダが亡くなったのだから、お前は悪いことをしたのだ。だからお前には利益も功徳もない』と言うかもしれないが、そうではない。如来が供養の食事を食べて涅槃に入られた、その時の食事には優れた果報がある。したがってチュンダには大いなる果報がある」

要約すると「私はチュンダの食事を食べて食中毒になり命を落とすことになったが、チュンダには少しも罪はない。ブッダはその食事で涅槃に入るわけだから、それは素晴らしいことなのだ。チュンダにはこの先、きっと幸せが来るだろう」ということです。

たしかにチュンダは、ブッダによい食事を供養しようと思っていたのですから、なんの過失もありません。ここでブッダは、嫌な役目を背負わせてしまったチュンダに対してねぎらいの気持ちを語っているのです。後でこのことを聞いたチュンダはきっと安心したことでしょう。チュンダにどんな果報があるかについても、ブッダは続けて述べています。

「スーカラ・マッダヴァを差し上げたことで、チュンダは寿命を伸ばす業を積んだ、容色を増す業を積んだ、安楽を増す業を積んだ、名声を増す業を積んだ、天に生まれる業を積んだ、権力を獲得する業を積んだのである」

在家の信者さんが、ブッダやサンガにご供養すると、どんなよいことがあるか、という具体例です。寿命が伸びる、美形になる、楽が増す、名声が得られる、権力を持てる、と煩悩丸出しの話ばかりですが、これらの言葉は弟子たちにではなく、在家信者へ向けてのメッセージと考えれば納得がいきます。

在家信者と出家者の二重構造

ここで注目すべきは、仏教組織が採用した「二重構造」の仕組みです。仏教は「出家者僧団（サンガ）」と、それを経済的に支える「在家信者」の二重構造の上に成り立っていますが、在家信者と出家者とでは、同じ三宝に帰依しているとは言っても、求めるものが全く異なります。

在家信者の方は、サンガで暮らす出家者に食べ物を供養したり、土地や建物を寄付したりと、日常の生活の中で布施の善行を積んでいけば、その結果として美形になったりお金持ちになったりという、世俗的な果報が得られます。それが在家者たちにとっての

「幸福」です。在家信者たちは、サンガの修行者がいてくれるおかげで、そこにどんどん布施することで善行を積むことができます。サンガの修行者は、在家信者にとっては「善行を行うための貴重なツール」なのです。

一方出家者の目的は、そういった世俗の喜びを手に入れることではありません。サンガに入り、煩悩を消すための修行を日々続けて、二度とこの世に生まれ変わらないようになる、つまり涅槃に到達することこそが出家者にとっての「幸福」です。そんな生活を維持するために、在家信者からの布施を使わせてもらうのです。

異なるレベルでの「幸福」を求める二つの世界があり、一方は相手を経済的に支え、もう一方はそれに対して、すぐれた果報を実現するためのツールとして作用する。このような二重構造があって「自己鍛錬システム」としての仏教は成立しているわけです。

ここで誤解してもらっては困るのですが、この二重構造では、人の入れ替わりは自由です。初めから「サンガの修行者」「在家信者」という絶対的区分があるのではありません。世俗の幸福を求めて在家信者として布施に精を出していた人が、ある日突然大きな災難に見舞われ、「生きることは苦しみだ」という真理を否応《いやおう》なく実感したため、出家してサンガに入る、ということはごく普通のことです。逆に、サンガで涅槃を目指して修行していた僧侶が気力の衰えを感じ、「しばらく在家に戻って考えを整理してみたい」と還俗《げんぞく》するのもよくある話です。

人は状況に応じて「世俗の幸福が欲しい」と思うこともあれば、「世俗を離れて深遠な涅槃の安らぎを求めたい」と願うこともあります。「釈迦の仏教」が採用した在家と出家の二重構造は、この両方の道を併せ持つものであり、しかもその間を行き来することは、各人の自由なのです。これもまた、仏教が二千五百年もの間、同じ構造で存続することのできた一つの理由だと思います。

ここでブッダがチュンダの供養に対して、「大いに世俗的な果報がある」と説いているのは、チュンダ自身が在家者として、そういう世俗の果報を望んでスーカラ・マッダヴァを布施したからです。ブッダはそのことを十分に承知していましたから、チュンダの気持ちに応えるかたちで、「私は食中毒になったが、心配しなくても、十分な果報はある。必ず望みは叶うぞ」と言って安心させているのです。ブッダの心遣いを表す場面ですね。

ひとこと付け足しておきますと、この二重構造は、大乗仏教になるとかなり崩れます。というのは、大乗仏教では、サンガに入って仏道修行しなくても、在家者として布施などの善行を積むだけでも、仏道修行と同じような効果が得られる、と主張するからです。本来なら世俗の中で暮らしながら布施などの普通の善行を積めば、その果報としては美形になる、金持ちになる、などの世俗の幸せしか戻ってこないはずです。しかし「特別な道」を見いだすことで、その世俗の果報を、「涅槃に入る」という別次元の高尚な幸福に変換できるというのです。

言ってみれば、コンビニでためたポイントは、本来ならコンビニでしか使えないはずなのに、特別な方法を知っている人だけは、そのポイントを海外旅行の飛行機代に使える、というようなものです。その特別な方法を教えてくれるのが大乗仏教だ、と言うのです。たとえば『般若心経』ならば、それは「空《くう》」という深遠な法則性を理解することです。それができた人は、在家の生活の中に、悟りへと向かう道を見いだすことができるのです。

こういった大乗仏教の考え方については「100分de名著」ブックス『般若心経』に詳しく書きましたのでご参照ください。

こうしてチュンダへの心遣いを示したあと、ブッダはクシナーラーへと向かいます。ブッダの涅槃はもう目の前です。

＊1　寿命を……縮めたりする力

このような力を留多寿行《るたじゆぎよう》、捨多寿行《しやたじゆぎよう》という。ブッダのように、悟りをひらいた者にだけ具わった特殊な能力。

＊2　律

仏教聖典の三つの区分（経・律・論）の一つで、ブッダが定めたサンガの法律をいう。

＊3　パーヴァー村

当時の十六大国の一つ「マッラ国」に含まれるガンダク川西岸の村。現在のパドラウナ（ウッタル・プラデーシュ州）。

＊4　トリュフ

仏語。日本名「西洋松露」。塊状の特異な形をしたキノコで、地中に育つ。独特の香りの高級食材として珍重され、キャビア、フォアグラと並び世界三大珍味とされる。

＊5　如来

ブッダのこと。「釈迦の仏教」では、現時点での如来（ブッダ）は釈迦一人だが、何十億年という期間をおいて、定期的に如来が出現すると考える。ここで言っているのは、そういった如来たちに共通する一般則。なお、のちの大乗仏教になると、現時点でも無数の如来が同時存在していると考えるようになる。

＊6　『平家物語』

軍記物。作者未詳、鎌倉時代に成立。源平合戦期（一一八〇～八五）を中心に、平家一門の栄華と滅亡を、因果応報・盛者必衰の仏教理念をベースにして描いている。

第4章——弟子たちへの遺言

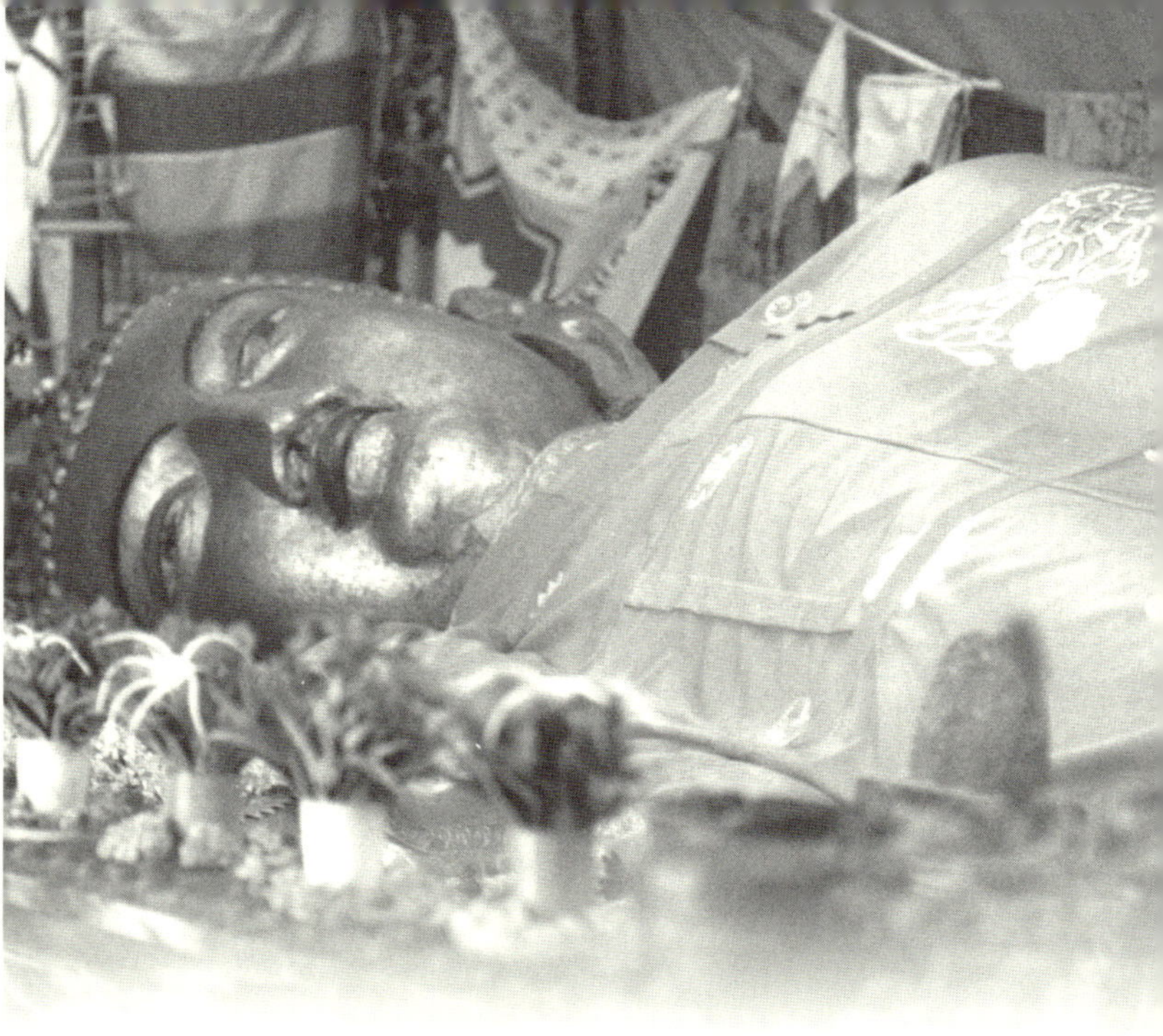

「教え」の実践が一番の供養になる

チュンダへの思いやりを示した後、ブッダは大勢の弟子たちとともに、涅槃の場所となるクシナーラーに向かいます。そして、クシナーラーのウパヴァッタナというところにある二本の沙羅の木の間（沙羅双樹）に北枕で静かに横たわり、最期の時を待つことになります。沙羅双樹が時ならぬ花を美しく咲かせたのは、まさにこの時でした。さらには天空から花やお香が降り注ぎ、神々が美しい音楽を奏《かな》でました。するとブッダは、枕元に集まった弟子たちに次のように語ります。

「ブッダ（如来）というものは、このような花や音楽で敬われ、供養されるものではない。ブッダを真に供養するというのは、お前たち出家修行者や、あるいは在家信者たちが、教えにしたがって正しい生活を実践することなのだ。それこそがブッダを供養するということなのだ。だからお前たちは、私の教えに従って正しく生きよ」

こんな言葉を聞くと、「それでこそお釈迦様だ」と言いたくなります。「形式的な供養など意味がない。もし私を本当に尊敬してくれるのなら、私が説いた教えを実践してくれ。それが一番の供養になる」と言うのです。

私たちは誰もが、自分の死を意識して暮らしています。「いつか必ず死ぬ」ということを確信し、しかしそれをあまり思い出さないように、心の片隅にそっと押しやってなにくわぬ顔で日々を送っています。それでもいつか、死ぬ日は必ずやってきます。ですから人はその日のことを時々脳裏に浮かべてみて、「自分が死んだら、どうしてもらおうか」と、いささか他人事のようにではありますが、先行きのことを心配するのです。

　しかし、「お葬式はどうしようか」「お墓はどこに建てようか」「いっそ散骨にしてもらおうか」などと死の瞬間の「形式」ばかりが気にかかって、「自分が死ぬということには一体どんな意味があるのか」という一番肝心なことに思いが至りません。

　ここでのブッダの言葉は、そんな私たちに「喝《かつ》」を入れてくれるようです。人が死ぬというのは、その一瞬だけの現象ではありません。長い人生の中で少しずつ積み重ねてきた一日一日の活動の、その総決算が来るということです。ブッダの場合なら、悩み苦しむ人たちに声をかけ、教えを説き、弟子として受け入れ、修行の指導をし、究極の安楽へと導いていく、その活動の一切合切が「結局皆の役に立ったかどうか」を問われるということです。そんな時に、花や音楽で「ご苦労様でした」と飾り立ててもらっても、意味はありません。皆がブッダに心底感謝するということはすなわち、ブッダ亡き後も、ブッダの教えをしっかり守っていくということです。ブッダが一生をかけて作り上げた仏教という生き方を、残された人々が身をもって守っていく時、ブッダの一生には意味があったということが実証されるのです。だからこそブッダは、「私が説いた教えを実践してくれ。それが一番の供養になる」と言ったのです。

それならば私たちの一生も同じではないでしょうか。死が人生の総決算ならば、死ぬことの意味は、その人の人生全体で決まるはずです。死ぬ間際になって急に人生を立派に飾ろうとしてもそれは無理です。死ぬことを忘れて日々を送っている、この日常の毎日が、実は私たちの人生を形作っているのであり、そして私たちの死の価値を決めていくのだということを思えば、毎日が死の準備だということになります。

死んだ時、「この人はこんなことを言ってくれたなあ。あんなことをしてくれたなあ」と人々が敬慕の念を抱いてくれたなら、それこそがこの世に生を受けた甲斐というものでしょう。この時のブッダの言葉には、私たちのあるべき生き方と、そしてあるべき死に方というものを深く考えさせてくれる重みを感じるのです。

さて、こうしてブッダが死の床につくと、そばにいるアーナンダは「もうこの先、ブッダにお会いすることができません。ブッダを慕って集まってきていた修行者の皆さんも、もう集まってきてはくださらないでしょう」と嘆きます。それに対してブッダは、「私がいなくなっても、仏跡が残る。仏跡を巡礼すれば、そこでブッダに会ったことになり、拝めば天に生まれることができる。修行者たちも皆、仏跡で顔を合わせることができるではないか」と語ります。仏跡とはブッダゆかりの場所のことで、「生誕の地」「悟りを開いた地」「初転法輪《しょてんぼうりん》の地」「入滅の地」の四霊場を指しています。「生誕の地」ルンビニは、現在のネパールにありますが、ほかの三ヵ所はインドです。「悟りを開いた地」ブッダガヤには今も菩提樹があり、世界中の仏教徒が巡礼に訪れています。インド観光の目玉の一つです。「初転法輪の地」とは、ブッダが初めて説法を行った場所のことで、ガンジス川の沐浴で有名なバラナシ（ベナレス）から車で数十分の地サールナートがそれにあたります。そして「入滅の地」がこのお話の舞台クシナーラーです。現在もこの四ヵ所は仏教徒にとっては特別な聖地で、日本からも多くの人が巡礼に訪れています。

この聖地巡礼の予言話も明らかに後の創作です。ブッダが死ぬ前に仏跡のことを語るはずはないので、もうすでにこの四ヵ所が仏跡として人気になった後で、『涅槃経』の編集者が、ブッダの予言話として利用したのでしょう。しかし面白いことに、今ではこの四ヵ所に世界中の僧侶が集まってくるのですから、「私がいなくなっても、みんな仏跡で顔を合わせることができる」というブッダの予言は見事に的中したことになるのです。

出家者は遺骨の供養に関わるな

アーナンダはこの後、ブッダ亡き後のさまざまな事柄について質問しますが、なかでも興味深いのは「我々は、女性に対してどう対応すべきでしょうか」というものです。当時も今と同じで、修行者たちにとって一番の悩みは異性への愛欲だったようです。これについてブッダは「見るな。むやみに話しかけるな。話しかける時はつつしんで話しかけよ」と答えます。ブッダが定めたこのルールは、今もタイやスリランカのお坊さんの間では、重要な生活指針となっています。女性に触れるのはもちろん厳禁で、物を通して間接的に触れることも許されません。たとえば女性からお布施や品物を受け取る場合は、手渡しはいけません。いったん机や床に置いてもらい、相手の手が離れたのを確認してから受け取ります。また、飛行機にお坊さんが乗る際、アテンダントは先にお坊さんを席に案内し、絶対に横に女性を座らせないようにします。ブッダの遺言は今も生活の中に生き続けているのです。

こういう話を日本人にするとたいてい「へえー」と面白そうな顔をします。それはそれでよいのですが、逆にタイのお坊さんが「日本の僧侶は平気で女性にも触れるし、一緒にお酒だって飲みますよ」と聞けば、「ええーっ」と言って飛び上がるということも知っておく必要があります。「釈迦の仏教」の規律によれば、それは大変な犯罪行為になるからです。文化交流は結構なことですが、真の文化交流を考えるなら、「自分たちのあたりまえの日常が、犯罪として認定される場所もある」というくらいの認識は必要だと思います。ちょっと余計なことを言いました。

つづいてアーナンダは、ブッダが亡くなった後のお葬式の方法や遺骨の供養について質問します。「亡くなった時、ご遺体はどうしたらいいのでしょう?」という問いに対するブッダの答えです。

まずお葬式ですが、それは「伝説の大王（転輪聖王《てんりんじょうおう》）*1のお葬式と同じ方法で行え」と命じます。具体的に言うと「まず、遺体を新しい布で包む。それを綿で包む。その上からさらに新しい布で包む。この手順を五百回繰り返す。それを鉄の油槽に入れて、さらにもう一回、別の鉄の槽で覆う。それをあらゆる香木を含んだ薪《たきぎ》の山に乗せて、火葬にする」のだそうです。「鉄のお棺にいれて燃えるのかしら」と不思議ですが、ともかくすごく立派なお葬式であることは間違いありません。火葬した後に残った遺骨については「街道が交わる四つ辻に仏塔（ストゥーパ）を造って、そこに納めよ」と指示しています。ストゥーパとは遺骨の祈念碑、日本でいえばお墓です。このストゥーパが中国で「卒塔婆《そとば》」と音写され、それが一文字に略されて「塔」という言葉になりました。

「卒塔婆」も「塔」も、日本ではよく使う単語ですが、もともとは「遺骨を祀《まつ》る祈念碑」という意味なのです。さらにブッダは、「その遺骨のストゥーパを拝む人は誰でも、死んだ後、よいところに生まれることができるであろう」と告げます。

こういった葬儀の方法を聞くと、「なんだ、さっきは花や音楽で供養しても本当の供養ではない、などと立派なことを言っていたのに、自分の葬儀は大王並みの立派なものにせよとは、本性は俗物ではないか」という疑問が生じるかもしれません。確かにこれだけなら、そういうことになるでしょう。しかしまだ続きがあるのです。『涅槃経』ではブッダは、「遺骨崇拝の方法」「お葬式の手順」という順番で説いているのですが、この本では説明の都合で順序を逆にしてご紹介しています。先に「お葬式の手順」を言いました。それは伝説の大王と同じ豪華な方法で執《と》り行い、遺骨はストゥーパに納めて拝め、というものです。では「遺骨崇拝の方法」についてはどう答えているのでしょうか。ブッダの答えは以下のとおりです。

「お前たち出家者は、私（ブッダ）の遺骨崇拝には関わるな。お前たちは正しい目的のための修行だけを続けよ。遺骨崇拝については、ブッダを信奉している在家の人々がいるから、彼らに任せておけ」

つまり全体をまとめるとこうなります。

「私の葬儀は最高レベルで執り行え。遺骨もストゥーパに納めて拝め。拝めば天に生まれ変わることができる。しかし出家修行者つまり僧侶は、その遺骨崇拝に関わるな。出家修行者は本分である仏道修行にのみ専念せよ」

こうして見ればブッダの言葉は、出家、在家という二重構造で成り立っている仏教の、それぞれの立場の人たちに別個に語られていることが分かります。サンガの弟子たちに対しては、先にも言ったように、「修行こそが本分であるから、修行を続けよ。それが一番の私への供養になる」と言っています。しかし世俗の幸せを望む在家信者に対しては、「最高の葬儀で弔《とむら》い、遺骨を祀り、それを拝め。そうすれば皆、天に生まれることができる」と言うのです。最高の葬儀をするからこそ、その善行の果報も大きくなるという理屈なので、精一杯の葬儀をすることを勧めているのです。一見矛盾するようなブッダの言葉も、仏教の二重構造が分かっていれば理解できるのです。

読者の皆さんには「お坊さんの仕事はお葬式や遺骨の供養にある」と思っていらっしゃる方も多いのではないでしょうか。ところがブッダはここで、「遺骨の供養は在家の人々にまかせて、お前たち（出家者）は修行を続けろ」と言っています。日本の仏教とはずいぶん違いますね。「釈迦の仏教」では僧侶の本分は修行であって、骨を拝むことには関わってはならないのです。これは今まで説明してきたサンガの存在意義を考えれば当然のことです。出家した僧侶は、修行のために出家したのであって、それ以外のことに関わってはならない存在だからです。

実際、現在の南方仏教国のお坊さんたちは、このブッダの言葉を守っていて、お葬式にも遺骨供養にも直接は関わりません。お坊さんが葬儀に呼ばれるということはありますす。しかし日本のように、僧侶がお葬式を取り仕切ったり、セレモニーの中心になったりすることはないのです。では、その南方仏教国のお坊さんたちは、なんのためにお葬式に行くのでしょうか。答えは、ご飯を食べて、おみやげをもらうためです。冗談ではなく本当の話です。ご飯をご馳走になり、おみやげをもらうことが大切なのです。お坊さんは亡くなった人を供養するためではなく、自分が供養されるためにお葬式に行くのです。

少し説明を加えましょう。たとえば、あなたのご家族が誰か亡くなったとします。仏教の世界観では、一般の人が死んだ後は輪廻して五道（あるいは六道）のどこかに再び生まれ変わることになっています。誰だって自分の家族には、生まれ変わってもできるだけ幸せになってもらいたいと願うものです。では、そのためにあなたができることはなんでしょうか。それは精一杯の善い行い（善行）を実践して、自分が果報としていただいた力を亡くなった家族に回せばよいのです。正確に言うなら、遺族が善い行いをしているのを、亡くなった人が、生まれ変わった先で見ていて、「ああうれしい、善い行いをしてくれて有り難いなあ」と共感する、そのパワーが亡くなった人本人に幸福を呼び込むと考えるのです。そしてその、遺族にできる精一杯の善行とは、お葬式にお坊さんを呼んでできるかぎりのご馳走をし、帰る時には衣などの品物をおみやげとして渡すということなのです。出家修行者は、在家信者さんが善行を積むためのツールとして役立つ、という理解がここでも成り立つのです。

こうやってお葬式で供養を受けたお坊さんは、遺族になにかお礼をしなければなりません。でも、お坊さんはなにも財産を持っていませんから、品物では返せません。そこでその場でお経を読んだり、ブッダの教えを分かりやすく話したりするようになりました――これがお葬式のルーツです。日本のお葬式のように、お坊さんがいわゆる導師として、亡くなった人の未来に全責任を負うという形式は、「釈迦の仏教」にはありません。むしろ、本来のお葬式のスタイルは、日本では葬式よりも法事に受け継がれていると思います。みんなでお坊さんを呼んでご飯をご馳走して、有り難い仏教の話をしてもらっておみやげを渡して帰ってもらう――あれが本来のお坊さんへの処遇の仕方なのです。

二千年以上も前のインド語のお経を読んで、今現在の仏教儀礼の本質が理解できるというのは面白いことです。

「法」と「律」がブッダ亡き後の師である

さて、いよいよブッダの涅槃の時が近づいてきます。付き人としてずっと行動をともにしてきたアーナンダは、ブッダが亡くなることが悲しくて、その場を離れて一人で泣いていました。アーナンダというのは本当に心の優しい人だったようです。ブッダは、そんなアーナンダを枕元へ呼び、「すべてのものは無常であるから嘆いてはならない。お前は長い間、私に仕えてくれた。良いことをしてくれたのだから、励んで修行すれば、すみやかに心の汚れを除くことができるだろう」と声をかけます。ここでブッダは、アーナンダへの感謝の気持ちを表すとともに、まだ悟りへの修行段階にある彼に「お前も頑張れば悟れるはずだ」と励ましの言葉を贈ったのです。そして集まっていた弟子たちにアーナンダの付き人としての能力の高さを褒《ほ》め称《たた》えます。長年付き添ってくれたアーナンダへの感謝の表れでしょう。

その後、ブッダはアーナンダに「今日、私は涅槃に入るから、クシナーラーの住民であるマッラ族[*2]に伝えてくれ」と命じます。アーナンダが町に出て皆に伝えると、マッラ族の人々が大勢集まり、「ぜひ最後にブッダに会わせてください」と言ってブッダに面会します。ブッダが在家信者たちと最後の別れをする場面です。

このあと、スバッダ[*3]という異教の修行者がやってきてブッダの最後の出家弟子になるエピソードが語られますが、ここでは省略します。

ブッダの遺言は続きます。ブッダはアーナンダに、自分の亡き後になにを拠り所にして生きるべきかについて大事な言葉を述べます。

お前たちは「もう我らの師はおられない」と考えてはならない。私の説いた法と私の定めた律こそが、私亡き後の師である。

すでにお話しした「自洲法洲」「自灯明法灯明」と同じ内容です。さらにこのようなことも命じます。

私の死後、お前たちは今までのように、互いに「友よ」と呼んではならない。先輩の比丘は新参の比丘を「名前で」あるいは「姓で」あるいは「友よ」と呼べ。新参の比丘は先輩の比丘を「尊い方よ」あるいは「尊者よ」と呼べ。

もともとサンガの修行者たちは、同じ志を持つ仲間という意識を持ち、互いに「友よ」と呼び合っていたようです。「何々さん」という感じでしょう。それを、「これからは、ちゃんと上下関係をはっきりさせなさい」と命じたわけです。指導者がいなくなった後、上下関係を持たない組織のままだと、規律が乱れて秩序が保てません。組織を維持していくための方法として「先輩後輩の序列をしっかり示せ」とブッダは言ったのです。

ただし、ここでいう序列が完全な年功序列であることにくれぐれも注意してください。ブッダは、「先輩が上で、後輩が下」としか言っていません。つまりサンガの中の序列は、出家した順番だけで決めよ、と言っているのです。今も南方仏教国のサンガは、完全な年功序列組織です。一日でも一時間でも早く僧侶になった方が上座となります。重要なのは、その上下の序列が、本人の能力とか人格とか修行の進み具合とはなにも関係がないという点です。つまり、本人の偉さと序列の上下は無関係なのです。サンガの中の上下関係は、たとえば座る席順とか、物品の分配順といったサンガの運営をスムーズに進めるためだけに設定されているのであって、メンバーをランク付けするためのものではありません。ですから後輩は先輩を敬いますが、それは単に、自分より先にサンガに入ったというそれだけの理由からなのです。

このような形で上下を決めることにどのような利点があるかというと、組織内に権力闘争が起こりません。「誰かの足を引っ張って上に昇ってやろう」とか「早く上に昇って権力を握ってやろう」といった思いが起こりません。長くいれば自然に上座に上がっていくのですから、上にいるということになんの重みもないのです。運営上の上下はあっても、個人の資質をランク付けする上下はない。これがブッダの作ったサンガ内序列システムです。権力闘争がないおかげで、サンガは二千五百年間、壊れることなく続いてきました。ここでのブッダの遺言は、その原点となっているのです。

そしてもう一つ、ブッダはさらに重要なことを言っているので、それも抜き出しましょう。

私の死後、もし欲するならば、些細な規則は廃止してもよい。

ここで規則というのは、「律」の規則を指しています。サンガの中の法律です。その律の中の細かい規則ならば廃止してもよいと言っているのです。私はこの遺言を読むたびにブッダの智慧の深さに心打たれます。ブッダは生きる苦しみを消し去るために多くの教えを説きました。それはすべて、どの時代のどの人にでも当てはまる真理です。ですから、それが変更されるなどということはありえません。しかしサンガの法律である「律」は違います。法律は真理ではありません。それは時代、社会の変化に応じて適宜《てきぎ》変更されるべきものです。もし法律が真理だと言うなら、ハンムラビ法典[*4]や御成敗式目《ごせいばいしきもく》[*5]の規則を今も守らねばならないということになってしまいます。「悟りへの道は真理だが、律は真理ではない」、そうブッダは考えていたのです。だからこそ、ここで「律は変更してもよい」と言ったのです。ブッダは「律とは、組織をまとめるための便宜的な規則に過ぎず、時代の流れの中で変化して当然のもの」と認識していたことになります。すぐれた宗教家でありながら、ここまで現実的な視点を持っていたブッダとは一体どのような人だったのか、いよいよ惹《ひ》かれてしまいます。

ここまではよい話なのですが、この後がいけません。ブッダは「些細な規則なら廃止してもよい」と言ったのですが、どこまでが些細で、どこからが些細でないのか、その線引きをしなかったのです。「それはお前たちで判断しなさい」という気持ちだったのでしょう。そのためブッダ亡き後、サンガの中で「些細な規則とはなにか」という議論が巻き起こり、収拾がつかなくなって、仕方がないので「律は一切変えない」ということになってしまったのです。

しかし先ほども述べたように、生活スタイルは時代とともに変化しますから、二千五百年前の「律」をそのまま守り続けることはなかなか困難なことです。そこでお坊さんたちはどうしたかというと、便法によって律を拡大解釈することで、現実に合う形に運用していったのです。たとえばこんな規則があります。

「サンガの中に食品を貯蔵してはならない」

その日暮らしをベースとするサンガ生活で、食糧貯蔵は許されない、という意味です。しかし実際は、信者さんがたくさん持ってきてくれる食品を貯蔵できないのは困ります。そこで便法を使います。サンガの界（領域）をドーナツ状に設定して、真ん中の穴の部分は「サンガの領域ではない」ということにするのです。こうやっておいて、その穴の部分に食糧を置けば、「サンガの中には貯蔵していません」ということになりオーケーとなるのです。こうして仏教サンガは便法によって律を変えることなく存続してきましたが、多くの問題も抱え込むこととなりました。本当ならブッダが指示したように、規則そのものを変更するのが一番好ましいのですが、現在まで、それは実現していないのです。

『涅槃経』に戻りましょう。ブッダは弟子たちに、「これが最後の機会である。なにか質問はないか」と尋ねますが、もうすべてを聞き終えた弟子たちはなにも尋ねることがありません。質問が出ないのを知ったブッダは、いよいよ最期の一言を語ります。末期の一句です。

もろもろのことがらは過ぎ去っていく。怠ることなく修行を完成せよ。

「もろもろのことがらが過ぎ去っていく」とは、もちろん「諸行無常」です。「放っておくと時間はどんどん過ぎ去ってしまう。心して修行に励みなさい」という意味です。一般的な戒めの言葉ですが、長年修行を続けて皆を導いてきたブッダの最期の言葉として受け取れば感慨も無量です。

そしてついにブッダは亡くなります。瞑想状態に入り、瞑想の度合いを高めたり低めたり、何度か行き来したのち、第四禅[*6]というレベルに入り、そのあと息を引き取りました。涅槃にお入りになったのです。

嘆き悲しむ弟子、そして教えを逸脱する者

『涅槃経』では、ブッダが息を引き取った後、弟子たちの悲しみにくれる様子を、次のように描写しています。

「まだ執着を離れていない比丘たちは、両手を突き出して号泣し、倒れ伏し、ころげま

『涅槃経』に記されている入滅の様子

「世尊は初禅からはじめて滅受想定まで昇った。」

「それから世尊は滅受想定から
初禅まで順に下がり、
それから第四禅まで昇って、
そのあとで涅槃に入った。」

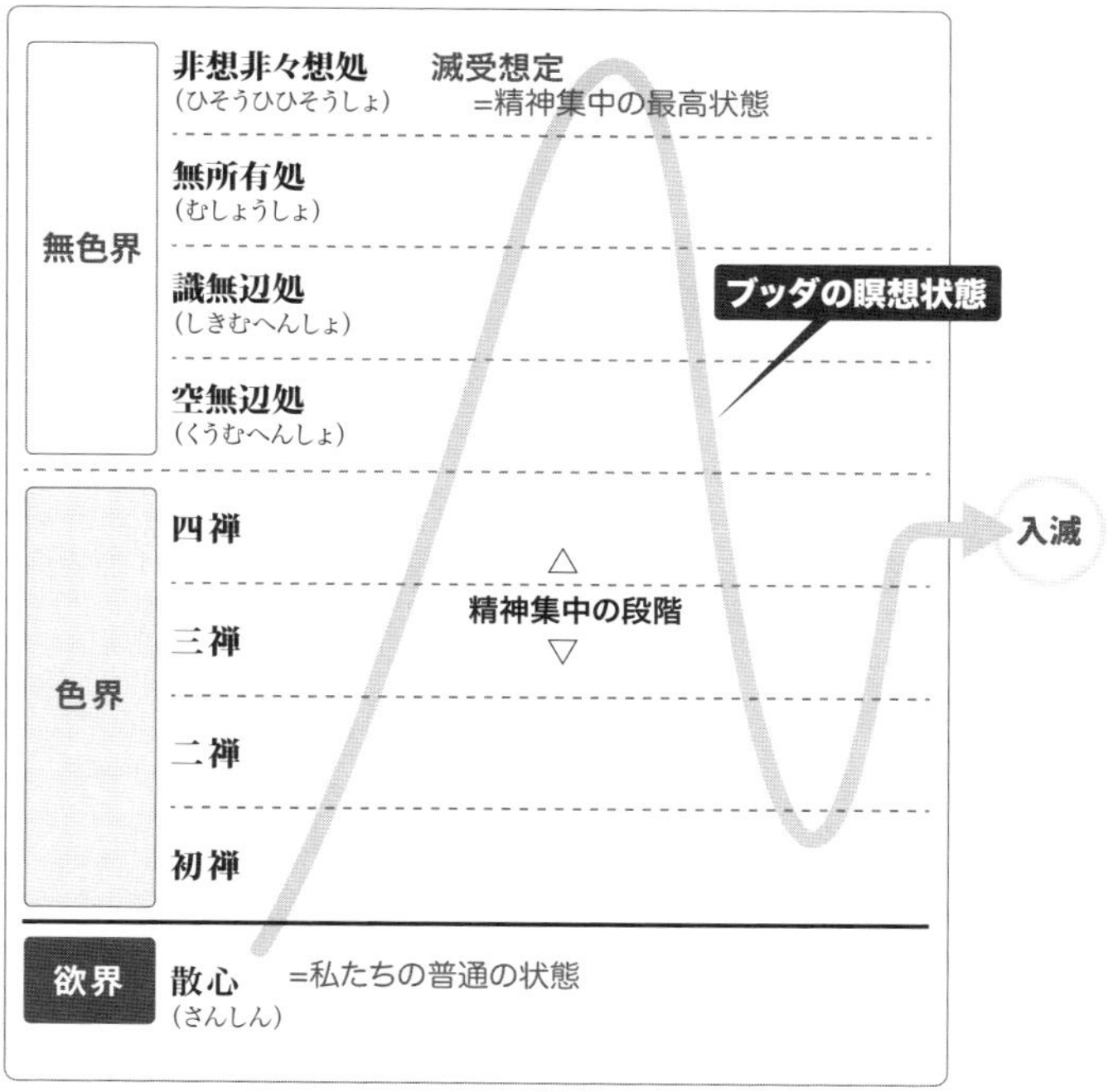

「世尊が亡くなると大地震が起こり、
雷鳴が鳴った。」

わり、のたうちまわった。一方、執着を離れている比丘たちは、諸行無常を観察しながら気持ちを強く持って耐えていた」

まだ煩悩を持っている弟子たちは泣き叫び、煩悩の消えた弟子たちは「この世は諸行無常だ」ということを心に刻みながら、泣きたい気持ちを我慢していたのです。

そして、お経はここから葬儀の場面に移ります。お葬式は、クシナーラーに住んでいる在家信者のマッラ族が仕切ることになりました。彼らは、花輪を飾って香を焚《た》き、舞踊や歌で遺体を手厚く供養し、亡くなって七日目に葬儀の準備に入ります。

マッラ族はブッダの遺体をマクタバンダナのお堂に運び込み、ブッダが生前言い残した通り、大王の葬儀と同じやり方で遺体処理を行います。あの、五百回布でくるんで、油槽に入れるという方法です。そしてそれを香木の薪の上に乗せ、あとは火を点《つ》けるだけ、ということになりました。

ところが、ここでいきなり場面が大きく変わります。「その時、マハーカッサパ（大《だい》迦葉《かしょう》）*7は……」と突然、新たな弟子の名前が登場してくるのです。マハーカッサパはクシナーラーからずっと離れた別の場所にいる設定になっていて、急にそこへ場面が飛ぶのです。まるで映画のように、それまでの場面が、まったく別のシーンに切り替わったとイメージしてください。マハーカッサパは、ブッダの弟子の中でも重要人物の一人です。そのマハーカッサパが、パーヴァーという町からクシナーラーへと向かう道を、五百人の仏弟子たちと一緒に歩いています。そこへ向こうから一人の宗教者がやってきて「ブッダが亡くなった」と彼らに告げます。それを聞いた仏弟子たちは、悲しみのあまり泣き崩れてしまうのですが、その中の一人、スバッダという弟子がとんでもない発言をします（ブッダの最後の出家弟子もスバッダという名なのですが、多分別人でしょう）。

「友よ、悲しむな。あれこれ行動を指示していたブッダが亡くなって、我々は自由になった。これからはなんでも好き放題だ」

スバッダはブッダの死を悲しむどころか「ようやく解放されて自由になった」と、逆に喜んだのです。それを聞いたマハーカッサパは、教えを逸脱する者が現れたことを知って驚いたのでしょう、スバッダを制止し、諸行無常の道理を弟子たちに改めて説きはじめます。その後、再び場面は葬儀のシーンに戻ります。マッラ族は火葬の薪に火を点けようとしますが、火が点きません。天の神々が、マハーカッサパと弟子たちが到着するのを待っていて、火が点かないよう妨害しているからです。それを知ったマッラ族の人々は、マハーカッサパが来るのを待つことにします。

やがて、マハーカッサパの一行がクシナーラーに到着します。五百人の弟子たちが順にブッダの足に頭をつける形で礼拝を終えると、火葬の薪はひとりでに燃えはじめます。

この「火葬の場面」「マハーカッサパと弟子たち」「再び火葬の場面」という一連の場面転換は、『涅槃経』でこの個所にだけ現れる表現方法です。お経の全体から見るとなんとなく異質なものを感じます。マハーカッサパとスバッダのシーンは、もしかするとのちに誰かが途中に無理矢理放り込んだものかもしれません。とすると、わざわざこのエピソードを入れた理由とはなんでしょうか。「ブッダがいなくなってせいせいした」という弟子を登場させることになんの意味があるのでしょうか。このシーンはブッダの死後、その教えを軽視する者が現れることへの危機感と、それを防ぐための心構えの必要性を訴えるために入れられたのではないかと思います。「気をゆるめれば、たちまち弟子の心は堕落していく。ブッダの教えを守るためには、たゆまぬ努力と強い決意が必要だ」ということを示すために、あとで誰かが付け加えた可能性があります。やはり『涅槃経』は、仏滅後の仏教僧団の保持を主題として作られたお経なのでしょう。

ブッダの骨の行方

ブッダの最後の旅を描いた『涅槃経』もいよいよ大詰めです。ブッダの遺体が燃え尽きるのと同時に、虚空《こくう》から落ちてきた水や、地下から自然にわき上がってきた水が火葬の火を消します。火葬の後には骨だけが残り、灰も出なかったと書かれています。その後、マッラ族はブッダの遺骨を公会堂に安置し、再び七日間に渡って、歌や音楽で遺骨供養をしました。

やがて、ブッダが亡くなったことを知って、「仏舎利《ぶっしゃり》を分けて欲しい」と願う人たちが、インド各地からクシナーラーに集まってきます。「仏舎利」とはブッダの遺骨のことです。インド語では遺骨のことをシャリーラと呼びます。仏の遺骨（シャリーラ）なので仏舎利なのです。集まった人はみんなブッダの遺骨を手に入れてストゥーパを建てて祀りたいと考えたようですが、もちろん、そう願ったのはすべて在家の人々です。先にも述べたように、涅槃というのは輪廻の中での死とは違って、二度と生まれ変わらないこと、この世から完全に消滅することですから、人々は、二度と出会うことのできないブッダの、せめてもの形見として、その遺骨を求めたのです。

生前ブッダは「私の遺骨崇拝については、私を信奉している在家の人々が執り行うだろう」と語っていましたから、お坊さんの中に遺骨を欲しがる人はいませんでした。繰り返しになりますが、修行者にとっての拠り所は、ブッダの教えと自分自身だけです。遺骨を拝んで供養したところで、仏教の本質である悟りを開くことにはつながらないのです。しかしブッダを追慕し、ブッダを供養することが俗世の幸福を招くと考える在家信者にとって、その遺骨は幸せの種です。つまり、遺骨を供養することが果報をもたらすことになるわけです。

この時、ブッダの遺骨を欲しがったのは、マガダ国王アジャータサットゥ、ヴェーサーリーのリッチャヴィ族、ブッダの出身地であるカピラ城の釈迦族、アッラカッパのブリ族、ラーマ村のコーリヤ族、ヴェータディーパに住むバラモン、パーヴァーに住むマッラ族、クシナーラーのマッラ族の八組です。皆が遺骨を欲しがって、一時はケンカになってしまいます。それを見かねて仲裁に入ったドーナ・バラモンという人が、「ブッダは忍辱《にんにく》（忍耐）の大切さをお説きになったではないか。争いをやめて遺骨を八つに分割し、広く方々にストゥーパを建てましょう」と提案します。

それを聞いてみんなは納得し、骨はドーナ・バラモンによって八分割されます。彼自身も仲介のお礼として遺骨が入っていた瓶をもらい、その瓶を祀ってストゥーパを建てます。その後、ピッパリ林に住むモーリヤ族が「われらも仏舎利をもらう権利がある」と言ってやって来るのですが、すでに骨を分配した後だったため、火葬の薪の灰をもらうことになります。こうしてブッダ亡き後、八つの仏舎利のストゥーパと、一つの瓶のストゥーパ、一つの灰のストゥーパが建立されたということです。

仏教と科学の未来

これで、お経はおしまいです。いかがだったでしょうか？ ここまでお読みいただいて、私が最初に「涅槃経は、ブッダが涅槃に入るまでのストーリーを描きながらも、ブッダが死んだ後の仏教組織をいかに維持していくかを書いたお経である」と申し上げた意味をご理解いただけたでしょうか。

繰り返しになりますが、「釈迦の仏教」の本質は、拝んだり祈ったりすることではなく、教えに従った正しい生活の中に身を置き、自分自身を深く見つめ、煩悩を消していくことにあります。私たちがブッダから学ぶべきものは、不思議な存在を頭から信じる絶対的信仰ではなく、すぐれた自己鍛錬システムによって自分のあり方を転換する方法なのです。目に見えない不思議な力に救済を求めずに、自分の力でなんとかする――という点において、ブッダの教えはある種、現代の科学的世界観と調和するものと考えられます。

持論になって恐縮ですが、おそらく、世界の宗教界はこの先、自分たちの教義を科学的世界観と擂《す》り合わさざるを得ない方向に向かうだろうと思います。昔ならば素直に信じることのできた外界の超越存在も、現代では主張することが難しくなってきました。

「神は実在するし、雲の上には天国があり、地下には地獄がある」と言っても通用しなくなってきたのです。

そんな宗教界は次第にその外界の不思議世界を「本当は心の中にある」と言い出します。つまり、科学的世界観が浸透していくことにより、外に実在するとされていた神や仏たちも、「実はそれらは私たちの心の中にいるのだ」と解釈せざるを得なくなるのです。そうなると、そういった従来の宗教は次第に一本化されていきます。あらゆる宗教が、教義を「心の中」に落とし込んでくるのです。その時のキーワードは「心」「命」などになるでしょう。動詞は必ず「生きる」です。たとえば「命が私の心を生きている」といったキャッチフレーズが、どの宗教でも普遍的に当てはまる時代になってきたということです。

私は、そういった集束化の先にある宗教の姿を「こころ教」と名づけています。現代は「こころ教」の時代なのです。

これは別に悪いことではありません。良い悪いの問題ではなく、自然の流れです。ただし「こころ教」の場合、現実に我々を救ってくれると思っていた存在が、本当は心の中の陽炎《かげろう》のようなものだったということで、救済のパワーが格段に落ちます。一時的な気休めにはなっても、その人の人生を丸ごとすくい上げてくれる宗教本来の力は失われてしまうのです。

しかしそのような状況の中で、注目すべきは「釈迦の仏教」です。何度も言ってきたように「釈迦の仏教」は外界の不思議な存在に救われるというものではありません。自分の力で世界を正しく観察し、その知見を元にして自力で自己を変えるという道です。

ですから「釈迦の仏教」の世界観は初めから、現代の科学的視点と同一平面上に設定されているのです。「釈迦の仏教」を「こころ」の中に落とし込む必要はありません。そういう意味でこれから先も「こころ教」にならない数少ない宗教の一つだと考えることができます。

これまで「100分de名著」ブックスで私は、『ブッダ　真理のことば』『般若心経』、そしてこの『ブッダ　最期のことば』と三本の仏教聖典をご紹介してきました。それぞれが違った立場で仏教を語っていましたが、すべてに共通するのは、生きる苦しみをなんとか安楽な状態に転換しようとする強い意志です。「生きることは苦しみだ」と知った時から、人は他者の苦しみが本当に理解できるようになり、そして深い智慧を働かせることができるようになります。苦しみの自覚が深い慈悲と智慧を生み、それが自己救済への道を開いていく。これが三本の経典に共通する原理であり、仏教という宗教の本筋です。それをこうやって皆さんにご紹介する機会をいただき、心から感謝しています。

私自身、ブッダとの出会いでものの見方が大きく変わった人間です。読者の皆さんが、ブッダの教えと触れ合うことで、なんらかの「恵み多き人生の糧《かて》」を得られますよう、祈念しております。

＊1　転輪聖王

パーリ語は「チャッカヴァッティン」。「輪をくるくると回す王」の意。車輪（または円盤のような武器）を妨げられることなく回転させる威力には、いかなる者も対抗できないという意味で、古代インドでは理想的な帝王像とされた。

＊2　マッラ族

マッラ国は、国を構成する九部族の代表の会議によって統治される共和国。マッラ族はそのうちの最有力の部族で、国名も彼らに由来する。

＊3　スバッダ

クシナーラーに住む異教の修行者。ブッダの入滅が近いことを知り、説法を請いに訪れる。ブッダの教えに深く帰依し、その場で出家受戒した。

＊4　ハンムラビ法典

古代バビロニアのハンムラビ王（前十八世紀に在位）が「法と正義を確立した」として制定した法典。債務・婚姻・傷害など多方面にわたり約二百八十項目が立てられた。

＊5　御成敗式目

「貞永式目」とも。鎌倉幕府が一二三二年に制定した基本法典。武家社会の慣習法に基づき、所領・土地占有、謀反人、殺害刃傷罪科などについて五十一条を整備した。

＊6　第四禅

色界（欲望は超越したが、なお物質的存在を残している状態）に生じる四段階の禅定を四禅という。第四禅はその最高の段階。

＊7　マハーカッサパ（大迦葉）

マガダ国のバラモン（カースト制度の頂点の階級）の生まれ。十大弟子の一人。ブッダ入滅後、教えの編纂（結集）の中心人物となる。少欲知足に徹したところから、弟子中で「頭陀（清貧の修行）第一」とされた。

OFFERING NOT ALLOWED

ブックス特別章

二本の『涅槃経』

阿含『涅槃経』と大乗『涅槃経』

ここまでの章で、「釈迦の仏教」に属する古い方の『涅槃経』について解説してきました。このお経には、敬愛するリーダーとしてのブッダを失った弟子たちが、「この先、私たちはどうやって仏教を維持していったらよいのだろう」と思案する切実な思いがあふれています。ブッダが王舎城のギッジャクータから出発し、クシナーラーにたどり着いて亡くなるまでの最後の旅の折々に、ブッダが語った遺言を散りばめるかたちで、彼らはその疑問に対する答えを提示しました。『涅槃経』は、残された弟子たちが仏教のあるべき姿を永く後世に伝えるために編纂した、ブッダの遺言の集成なのです。

冒頭で語られる、ヴァッジ族の強さの秘訣に関する説法から始まって、「もろもろのことがらは過ぎ去っていく。怠ることなく修行を完成せよ」というクシナーラーでの末《まつ》期《ご》の言葉まで、このお経の中には様々なブッダの教えが語られますが、そのほとんどは、ブッダ亡き後の仏教を正しく守っていくための方策を示しています。もう一度それらを振り返ってみましょう。

一　ヴァッジ族の強さの秘訣をきっかけとして説いた「組織が衰亡しないための条件」。
二　パータリ村で説いた「戒を犯す者の禍いと、戒を守る者の利点」。
三　ナーディカ村で説いた「法の鏡の教え」。これによって、ブッダ亡き後の弟子たちも自分の生き方が正しく涅槃に向かっているかどうかを判定できる。
四　ベールヴァ村でアーナンダに説いた「自洲法洲の教え」。これにより、ブッダ亡き後の修行者の心得が示された。
五　重閣講堂で弟子たちに説いた「三十七菩提分法」。悟りのための修行方法。
六　ボーガ町で説いた「正しい教えと間違った教えを区別するための方法」。ブッダがいなくなっても、この方法を用いることで正統説を守っていくことができる。
（注：このあとの七〜十二はすべて、クシナーラーの沙羅双樹に横たわった姿で説かれたものです）
七　「ブッダに対する真の供養とは、花や音楽を使った儀礼ではなく、その教えに従って正しく生きることだ」という説法。出家者の本分は修行生活にあるというこ

とが示された。
八　「女性に対する正しい接し方」。
九　「ブッダの葬儀方法および遺骨崇拝の在り方」。
十　「僧侶同士の呼び方および、サンガ内の年功序列制の規定」。
十一　「ブッダ亡き後、些細な規則は廃止してもよいという指示」。
十二　末期の教誡。「もろもろのことがらは過ぎ去っていく。怠ることなく修行を完成せよ」。

こう見てくると一本のお経の中に、ブッダ亡き後のサンガ運営に関する様々なアドバイスが盛りだくさんに示されていることが分かります。これらの中には、ブッダ自身が生前に語っていたこともあるでしょうし、あるいはブッダが亡くなった後で弟子たちの考えた運営方法が混じっているかもしれません。正確な出所は今となっては分かりませんが、ともかく実際のサンガが、こういった方針を土台として延々と続いてきたことは間違いのない事実です。仏教が仏・法・僧という三要素によって成り立つ以上、それら三宝の在り方を決定づけるこれらの指針は、仏教という宗教の基本的性格を明確に表しているのです。

もしも仏教が、ブッダの教えをそのまま受け継いで、変わることなく今に続いているとしたなら、ブッダの最期を語るお経はこれ一本しか存在しないはずです。もちろん時代の流れの中で、それがさらに増幅されて膨れていくといったことはあるかもしれませんが、このお経とは全く違うことを語る別の『涅槃経』が作られる、などということは考えられません。仮にそういうお経が作られたとしても、もともとあった古い『涅槃経』と比較した段階で、「ブッダの教えに合わない間違ったお経だ」として拒絶されるはずです。

先ほど挙げた項目の六には「正しい教えと間違った教えを区別するための方法」が示されていますが、それは具体的には、「ブッダ亡き後に残されたお経や律の中で語られる教えと比較して、一致しているなら正しい教えであるし、相違しているなら間違った教えであると判定せよ」というものです。この本でご紹介している古い方の『涅槃経』は、その「ブッダ亡き後に残されたお経」の一本ですから、それと違うことを語る別の『涅槃経』が現れれば、たちまち「間違った教えである」と判別されるはずなのです。

ところが驚いたことに、本書で紹介した古い方の『涅槃経』とは全く違う、もっと極端に言えば、古い『涅槃経』を否定するかのような教えを説く、別個の『涅槃経』が存在しているのです。この新しい方の『涅槃経』は、大乗仏教のお経として作られたものなので、一般に大乗『涅槃経』と呼ばれています。

なぜ仏教という一つの宗教の中に、全く違うことを主張する二本の『涅槃経』が存在するのか。その原因は、仏教がたどってきたユニークな歴史にあります。ブッダが創始した仏教は、決してもとの姿のままで受け継がれてきたのではありません。それは長い時間の間に大きく変容し、その結果としてまるで相対《あい》立するかのような二本の『涅槃経』が世に現れたのです。

この特別章では、その状況を説明して、それぞれの『涅槃経』が言おうとしていることを分かりやすく解説します。以下、二本の『涅槃経』のうち、ブッダの仏教に属する古い方を阿含『涅槃経』、新しい方を大乗『涅槃経』という名称で呼ぶことにします。

ブッダは涅槃に入っていない？

「釈迦の仏教」に属する、阿含『涅槃経』についてはもう十分に語ってきましたので、基本的な考え方は理解していただけたと思います。「最後の旅」という舞台設定の中で、亡くなっていくブッダの姿を丹念に描写し、その遺言を事細かに語ることで、ブッダ亡き後の弟子たちの生活方針を明確化しようというのがその基本姿勢です。

このお経を情緒的な面から見れば、経典全体に流れるのは、ブッダの死に対する胸詰まるような悲哀の情感です。すべての弟子たちにとっての唯一にして最高の拠り所であったブッダがいなくなる。最上最愛のリーダーと別れねばならない、その哀惜の思いは、経典の行間にまでにじみ出ているようです。

ブッダは若くして一切の煩悩を断ちきり、菩提樹の下で悟りを開きましたが、「悟りを開く」ということは輪廻の世界から逃れ出ることを意味しますので、寿命が尽きて亡くなれば、もうどこにも生まれ変わることなく、そのまま消滅します。すなわち涅槃に入るのです。ブッダ本人も、そして弟子たちも皆、このことは承知していましたから、ブッダを送る弟子たちの悲しみは尋常ではなかったはずです。「お釈迦様が亡くなれば、もう二度とお目にかかることはできない。どこかに生まれ変わるということもないのだから、この先、決して絶対に、お釈迦様と再会することはない」という確信が、悲しみを倍加させます。

それでもそれが仏教の本義である以上、受け入れるしかありません。二度と生まれ変わらないことこそが、仏教の最終目標なのです。ブッダがいなくなって、残った人たちの心に浮かぶのは「諸行無常」の一句ばかり。もしも、「ブッダは悟りを開いたので、その結果として不死の身となり、常住不変の存在になった」というのならうれしいことですが、それはあり得ない非現実の話。実際の世の中は諸行無常の法則性で動いており、凡人であろうが悟った聖者であろうが、この法則から逃れるすべはありません。

「普通の生き物は、諸行無常の法則の中でぐるぐると輪廻をくり返しながら苦しみ続ける。一方、悟りを開いた聖者は、輪廻のエネルギー源である煩悩を自力で断ち切っているので、その同じ諸行無常の法則によって完全消滅の状態、すなわち涅槃に入る」というのが仏教本来の考え方です。ブッダも悟りを開いた聖者ですから、その必然の結果として涅槃に入り、この世から完全に消滅したのです。

「あれほど立派なお釈迦様でも、諸行無常の道理からは逃れられない。お釈迦様が亡くなったことは悲しいことだが、それが私たちに諸行無常の厳しさを身に滲《し》みて実感させてくれるのだ」と納得して、弟子たちは修行人生に対して思いを新たにしたのです。ですから、この本でご紹介してきた阿含『涅槃経』に通底する教えは「諸行無常」です。ブッダの末期の言葉が、「もろもろのことがらは過ぎ去っていく。怠ることなく修行を完成せよ」となっていることからもそれは明らかです。

「釈迦は悟りを開いてブッダとなったのだから、寿命が尽きて涅槃に入った時点で永遠に消滅したのである。だからこそ残された者たちは、そのブッダの教え（法）を拠り所とするしかない」という思いは、今もスリランカやタイ、ミャンマー、ラオスなどの、いわゆる上座部系仏教国では誰もが当然のこととして受け入れています。それこそが阿含『涅槃経』の基本理念なのです。ところが、これとは全く違うことを説く、別の『涅槃経』が登場します。それが先ほど言った大乗『涅槃経』です。

大乗『涅槃経』はブッダの涅槃について、「ブッダは、本当は涅槃になど入っていない。ブッダというものは永遠の存在であり、無限の過去から無限の未来へと、いつまでも変わることなく存在し続けるのだ」と言います。それなら、あのクシナーラーの沙羅双樹でブッダが亡くなったという出来事は一体なんだったのか。これについては、「人々に、世の無常性を理解させるための方便であった」と言います。

ブッダは、本当は涅槃になど入ってはいないのですが、「ブッダはいつまでも変わらず存在する」ということをあからさまに示すと、無知な者たちは「ああそうか、世の中っていつまでも変わらずに続くものなんだ。私という存在も、それに私の財産も、今のままでずっと続くんだ」といった自分勝手な妄念《もうねん》にとらわれてしまいます。いつまでも変わらないのはあくまでブッダという、特別すぐれた存在だけなのですが、それを迂《う》闊《かつ》に公言すると、愚かな人々は、世の中なんでもかんでも「永続するものだ」と誤解する。そのような間違いを避けるため、ブッダはあえて、自分が涅槃に入って消滅したかのように見せたのだ、というわけです。

これは、釈迦のように悟りを開いてブッダとなった者でさえも諸行無常の原則からは逃げられないとする阿含『涅槃経』の教えと真っ向から対立する考えです。世のものごとは諸行無常であるが、ブッダだけはこの法則から抜け出ており、いつまでも変わることなく存続するというのですから、ブッダの在り方に関して、本来の仏教の教えを根底からひっくり返しています。私たちが阿含『涅槃経』の中に見る、「一人の人間としてのブッダ」というものはあくまで見せかけの方便であって、その背後には、凡人の知恵では捉えることのできない超越存在としてのブッダが、時間を超えて存続しているというのが大乗『涅槃経』の世界観なのです。

こういった、「ブッダは諸行無常の枠を離れ、常住不変の超越的在り方でこの世にある」という考えを一般に「如来常住」と言います（如来とは、ここではブッダの別名です）。大乗『涅槃経』では「如来常住」の思想が、恐ろしいほどの熱意をもって繰り返し語られます。おそらくそれは、もともとあった阿含『涅槃経』の教えを「ただの方便説」として否定し、新たに「如来常住」を正統説として主張しようという、経典作者の熱情の表れでしょう。

もしもブッダの遺言が文字通りに守られていたなら、このような過激な説が「お経」として認められることはなかったはずです。「（阿含の）『涅槃経』に反するような言葉がお釈迦様の教えのはずはない」といって拒絶されたはずです。ところが仏教世界では、ブッダが亡くなって百、二百年の間に大きな変動が起こり、「教えに対して皆が同じ意見を持っていなくても、儀式を一緒に行うなど、サンガの生活を共にしていれば皆等しく仏教修行者として認定する」という新しい運営方針が採用されました。分かりやすく言えば、仲違いを防止するために「意見の違う僧侶がいても、一緒に暮らしている限りは仲間と思え」という規則が定められたのです。

おそらく最初のうちは、お坊さんどうしの意見の違いもたいしたものではなかったでしょう。しかしこのような状況がその後何百年も続くと、本来の教えとは異なる、様々な新思想が内部から続々と現れるようになります。小さな変化が次第に増幅されて巨大な結果を生み出したのです。こうして生まれ出た種々様々な新思想を、私たちはまとめて大乗仏教という名で呼んでいるのです。

大乗『涅槃経』は、大乗仏教の中でも比較的あとの時期に作られました。つまり、本来のブッダの教えとは異なる主張がすでに数多く現れてきている段階で作成されたということです。したがって、その主張が阿含『涅槃経』とはかけ離れた内容であったとしても、すでに定着した大乗仏教の流れの中では、「お経」として認定されることとなったのです。

（注：このあたりの大乗仏教の発生原因については、先に出版した「100分de名著」ブックス

『般若心経』で詳しく語りましたので、興味のある方はご覧ください）

自分が「ブッダになれる」道

さてそこで、大乗『涅槃経』が主張する「如来常住」説ですが、これは決して大乗『涅槃経』だけの特殊なアイデアではありません。それどころかむしろ、大乗仏教全体に共通する一番基本的なブッダ観だと言ってもよいでしょう。大乗『涅槃経』は、たくさんある大乗仏教のお経の中でも比較的あとの時代に作られたもので、その前にはすでに『般若経』や『法華経』といった個性的大乗経典がありました。そしてそれら先行する代表的大乗経典のベースもまた、「ブッダはいつの世にも我々と共にある」という思いなのです。

どういうかたちで「我々と共にあるのか」という点について見るなら、経典ごとにいろいろ考えの違いが出てきますが、ともかく阿含『涅槃経』が言うような、釈迦というブッダが涅槃に入ってしまった現在、我々の身近には拠り所とするブッダはもういない、という世界観を否定し、「ブッダは過去・現在・未来を通じて、いつでも私たちのまわりにおられる」という思いを主張する点は同じなのです。大乗『涅槃経』の特徴は、この「如来常住」説を、他の経典よりもさらに強く、熱心に、繰り返し説き示すところにあります。

ではなぜ大乗仏教は、如来の常住性をそれほどまでに強く主張するのでしょうか。そこには、シンプルな修行集団であった「釈迦の仏教」が、広大な信仰の教団へと変容していく中で生み出された、新たな救済の道が深く関わっているのです。

「釈迦の仏教」が、出家修行を主とする一種の自己鍛錬システムとして生み出されたことはすでに述べてきたとおりです。ですから当初の仏教における弟子たちの目標は、ブッダの教えに従って修行を続け、心の内の煩悩を断ちきり、それによって輪廻の苦しみから逃れ出て涅槃に入る、というものでした。しかしこの目標を達成するためには、出家して僧侶になることが必要とされましたので、誰もが楽に入ることのできる道ではありません。俗世を捨てて修行に専念することのできる、ある種めぐまれた環境にある人たちのための世界なのです。

しかもそこでは、ブッダというのは特別な存在で、たとえば釈迦のようなひときわすぐれた人物だけがその資質を持つと考えます。ブッダというのは誰からも習わずに自力で悟りを開き、しかもその悟りの道を人々に説き広めることで大勢を救済する、そういう活動のできる人のことを指します。ですからブッダはめったにこの世に現れません。その出現頻度は何十億年に一回といったレベルです。その一人が釈迦なのです。

誰からもなにも教わらずに自力で悟ってブッダになる。並の人間にそんな高尚なことはとてもできません。高い資質を持つ人であっても、周りからなにも学ぶことなく、独力で立派なことを成し遂げるのは至難の業です。我々凡人がブッダになることなど、とうてい望み得ない無謀な道なのです。

ですからブッダの教えに従って修行する出家者たちも、ブッダになるために修行しているわけではありません。あくまで立場はブッダの弟子です。釈迦というブッダの教えを信奉し、弟子として修行し、悟りを開き、輪廻から脱出して涅槃に入る。それが彼らの目指す理想の生き方です。こういった、ブッダの弟子として悟りを開いた人のことを阿羅漢《あらかん》と呼びます。「釈迦の仏教」で修行している出家者はみな、阿羅漢になることを目指しているのです。現在のスリランカや東南アジアの上座部仏教国で修行に励むお坊さんたちも皆、目的は阿羅漢になることです。「修行して、釈迦と同じブッダになろう」などと考える僧侶はいないのです。

「釈迦の仏教」は、合理的な世界観に裏打ちされた端正な教えですが、それだけに一般の人たちが求める、「誰もが等しく救われる懐《ふところ》の深い宗教」という面に欠けるところがあります。「きちんと為すべきことを為せば、必ず結果は出る」というのが「釈迦の仏教」の優しさですが、それとは違って「為すべきことができない人でもちゃんと救われる。だからなにも心配しなくてよい」と言ってくれる優しさの方に、人は一層惹かれるものなのです。

ブッダが亡くなって五百年ほど経ち、インドが社会的混乱期に陥ると、仏教内部にもそういった別の面の優しさを求める傾向が強くなってきました。人々が考えたポイントは二つです。

一 「釈迦の仏教」では、私たち凡俗がいくら修行を積んでもブッダになることはできず阿羅漢どまりだと言うが、私たちにもブッダへと向かう道は開かれていないのだろうか。

二 「釈迦の仏教」は、出家して仏道修行を歩んだ者しか悟りを開くことはできないというが、一般社会で俗人として暮らしながら、悟りを目指すことはできないのだろうか。

新たな仏教運動である大乗仏教が、特に力を入れて考えたのが、この問題でした。大乗仏教を生み出した当時の人たちは、「我々自身がブッダになることのできる道はある。しかもそれは、出家しなくても、日常生活の中で実現することが可能だ」と主張し、そのための道筋を示しました。それが、いろいろある大乗仏教の教えに共通する基本的側面なのです。

　私たちがブッダになるための道としてはいろいろなものが考えられます。たとえば、「私たちのこの世界とは別のところに、慈悲深いブッダが住む別の世界があり、そのブッダの超人的なパワーにすがれば私たち自身も容易にブッダになることができる」というもの。あるいは「私たちは実は遠い昔からブッダと出会っていて、私たちもブッダになることができると保証してもらっている。ただそれを忘れているだけなのだ。だからなにも心配せず、『正しく暮らしていれば必ずブッダになることができる』と確信して生きていけばよい。ブッダは永遠の命を持って常に私たちをサポートしてくださっているのだ」といったものなど様々です。

　しかし、どのような道筋を信じるにせよ重要なのは、「多くのブッダが支えて下さっているおかげで、『自分がブッダになる』という、とてつもなく困難な目標が私たちにも可能になる」という点です。釈迦というブッダが死んで、この先数十億年はブッダのいない時代が続く、と考える本来の仏教世界ではこういったアイデアは生まれようがありません。それは大乗仏教になって初めて現れた新たな道です。自分ひとりが一から始めて自力でブッダになるというのはとうてい不可能でも、その後ろになんらかの形で他のブッダからの支援があれば、その力を糧として自分にもブッダへの道が開かれていくというのが、多種多彩な大乗仏教の教義に共通する基本理念なのです。

「如来常住」を説き示すお経

こうして大乗仏教の世界では、「釈迦が涅槃に入ったことで、この世からブッダはいなくなった」という本来の世界観が変更されて、「釈迦が涅槃に入ったからといって私たちのまわりからブッダが消滅したわけではない。ブッダはなんらかのかたちで私たちとともにある」という新たな教義が導入されました。これがすなわち「如来常住」説です。そして大乗『涅槃経』こそは、その「如来常住」を最も鮮明に説き示しているお経なのです。

阿含『涅槃経』はブッダの死を題材として「諸行無常」を主張しますが、対する大乗『涅槃経』は「ブッダは実際には亡くなっていない」と言ってこれを否定します。そして「この世は無常ではなくて常だ」と言います。ですからうっかりすると阿含『涅槃経』と大乗『涅槃経』は互いに矛盾することを言い合っていて、すり合わせることができないと思われるかも知れませんが、実はそうでもありません。

阿含『涅槃経』が言っているのは、この世のあらゆる現象はすべて無常であり、したがってその内に含まれるブッダという存在もまた無常なので、当然のことながら寿命が尽きれば死ぬということです。ただブッダの場合は、悟りを開いているため、死んでも生まれ変わることがなく涅槃に入るのですが、それでも無常であることには変わりありません。

これに対して大乗『涅槃経』は次のように言います。ブッダ以外のあらゆるものごとに関しては確かに諸行無常なのだが、ブッダだけはその法則性を超越しており、時を越えた永遠の存在である。したがってブッダは無常ではなく常住である。そしてこの世に常住のブッダがいるからこそ、我々はその力によって自分たちもまたブッダとなることができるのである。

この世を諸行無常と見るのは、阿含『涅槃経』も大乗『涅槃経』も同じです。世界を見る視点に違いはありません。ただ、その中にブッダを含めるのか含めないのか、そこが違うのです。「釈迦の仏教」では、たとえブッダになったとしても釈迦は私たちと同じ一人の人間だと見ますから、諸行無常の定めから逃れることはできないと考えます。これはこれで、きわめて合理的で知的な考え方だと思います。しかし大乗仏教の時代になって、ブッダを単なる教団のリーダーではなく、私たちを不思議な力で応援してくださる超人的存在として理想化する中で、その合理性は、宗教的熱情に次第に取って代わられ、宇宙法則にさえ支配されない超越存在としてのブッダが想定されるようになったのです。阿含『涅槃経』と大乗『涅槃経』が互いに矛盾したことを言っているわけではないと申しましたが、その意味はここにあるのです。

大乗『涅槃経』は、阿含『涅槃経』で描かれるような「一人の人としての」ブッダを仮の存在として認めながらも、その奥にある、凡俗の知恵では窺い知ることのできない「真実の姿としての」常住のブッダを皆に説き知らせる、そういう意図をもって作成されたお経です。言ってみれば、阿含『涅槃経』を土台として、そこに新たなブッダ観を上乗せするかたちで生み出されたものなのです。

「一切衆生悉有仏性」の起源

ここまでは、大乗『涅槃経』が説く「如来常住」の教えに焦点を絞って、その背景を語ってきました。しかし大乗『涅槃経』の真骨頂は実は別のところにあります。先にも言いましたように、「如来常住」は大乗『涅槃経』に限らず、それより前に作られた多くの大乗経典にも共通するアイデアです。大乗『涅槃経』の専売特許というわけではありません。

しかし、これとは別に大乗『涅槃経』には、それ以前の大乗経典にはなかった新たな思想が現れてきます。大乗『涅槃経』が生み出した独自の新思想、それを「一切衆生《いっさいしゅじょう》悉有仏性《しつうぶっしょう》」説といいます。以下、これについてご説明しましょう。この「一切衆生悉有仏性」の思想は、現在の日本仏教にも多大な影響を与えている、大変重要な教えですが、その源泉が大乗『涅槃経』なのです。

「ブッダは私たちとともにある」という思いが大乗仏教のベースにあることはすでに申しました。その場合、「そのブッダは、どういうかたちで私たちとともにあるのか」という問いに対しては、大乗経典の各々がそれぞれに違った考えを表明しています。「別世界にいて私たちを見守っていてくださるのだ」とか、「はるか昔からすでに出会っていて、私たちの後見役として働いていてくださるのだ」など、様々なアイデアが出てきました。そして大乗『涅槃経』に至って大転換が行われます。それは、「ブッダはもともと、私たち一人ひとりの内側におられるのだ。実は、私たち自身が本来ブッダなのだ」という主張です。

それまでは、自分自身とブッダはあくまで別人格、つまり別人であって、「外に存在しているブッダが私をサポートしてくださるのだ」と考えられていたところへ、大乗『涅槃経』は全く違う視点を導入し、「生き物は皆、もともとブッダなのだ」と言うのです。

しかし、それはおかしな話です。私たちがブッダだとするなら、すでにあらゆる煩悩から離れていて、悟っているはずです。しかし自分の在り方を振り返ってみれば、どこにもそれらしい徴候は見られません。毎日煩悩まみれの思いで暮らして、怒ったり執着したり、やることなすこと凡俗の本性丸出しで、悟りのかけらも見あたらない。どうしてこんな私がブッダであったりするでしょう。大乗『涅槃経』は一体なにを言っているのでしょうか。

それに対する答えは次のようなものです。私たちは本来ブッダとしての資質を備えており、条件さえ整えば、外から誰かに助けてもらわなくてもひとりでにブッダになることができる。その意味で我々はもうブッダなのだ。ただ問題は、条件を整えるというところにある。私たちが普段、煩悩まみれの暮らしでもがいているのは、その条件を整えていないからである。したがって、自己の内部にあるブッダとしての本性を正しく現し出すためには、条件を整えるための努力が必要となる。それは日々の規律を守り、「自分の中にはブッダとしての本性、すなわち仏性がある」ということを確信しながら暮らすことである。それができれば、この世の生き物は誰でも一人残らずブッダとなることができるのである。このお経（大乗『涅槃経』）は、お釈迦様が死の直前にそのことを皆に知らせるためにお説きになった、最も深い教えを語るお経なのである。

これが、大乗『涅槃経』の真意なのです。こうして大乗仏教は、大乗『涅槃経』の段階になって、「誰もが本来ブッダである」という説を打ち立てます。それを一切衆生悉有仏性というのです（以下、これを略して「悉有仏性」と言います）。「ブッダは私たちとともにある」という思いが、究極的に「ブッダとは私たち自身だ」という主張へと到達したのです。

（注：歴史的に見ると、大乗『涅槃経』よりも先に『如来蔵経』という小さなお経が存在しており、「私たちの内部には如来となるべき胎児が宿っている」という、悉有仏性説の起源といえる説を表明しています。しかし後の時代への影響という点からみれば大乗『涅槃経』の方がはるかに大きく、特に中国仏教、日本仏教への影響は絶大です。この意味で本書では、大乗『涅槃経』を悉有仏性説の起源と言っています）

アジア諸民族の世界観を形成した「涅槃経」

この悉有仏性説はのちの大乗仏教世界で大いに重要視され、インドのみならず中国・日本でも強い影響力を持つこととなりました。大乗『涅槃経』が中国に伝わって漢文に翻訳されたのは今からおよそ千六百年前、いわゆる五胡十六国時代ですが、その後の南北朝時代になると評価は一層高まり、大乗『涅槃経』こそがあらゆるお経の中の最高峰であると評価されるようになりました。多くのすぐれた学僧が大乗『涅槃経』を研究し、そこから仏教の真髄を取り出そうと努力したのです。

南北朝時代が過ぎて隋・唐の時代になると、『法華経』などの他の大乗経典が人気を得るようになって、大乗『涅槃経』の勢いは幾分衰えるのですが、しかしこの経典が示した「如来常住」「悉有仏性」という教えは中国仏教思想の確固たる基礎としてすでに定着していました。他の大乗経典を信奉する人であっても、その根底には多かれ少なかれ大乗『涅槃経』の教えが影響しており、自覚するしないにかかわらず中国仏教はその教えの延長線上を走り続けたのです。

日本の場合、隋・唐時代になってからはじめて本格的に仏教を導入したため、大乗『涅槃経』を最高経典と考える南北朝時代の仏教の考えは入りませんでした。しかしどのようなかたちであれ、中国からもたらされる仏教思想のベースに大乗『涅槃経』の教えがある以上、日本仏教もまたその色合いを含んだものとなるのは当然のこと。法然、親鸞、日蓮、道元といった日本独自の仏教を創生した高僧たちは皆、それぞれが独自の仏教世界を構築していくなかで、大乗『涅槃経』の教義を自分なりに咀嚼《そしやく》したかたちで取り入れていきました。

現在の日本仏教では「私たちはいつでも多くの仏や菩薩に見守られながら生きている」「私たちの心の中には仏がおられる。私たちは実は仏なのだ」といった教説が、仏教の根本教義として抵抗なく、しかも幅広く受け入れられていますが、これもものをたどれば大乗『涅槃経』から現れ出た見方です。大乗『涅槃経』が東アジアの仏教世界に、どれほど大きな影響を与えてきたかがお分かりいただけると思います。

仏教世界に二本の異なる『涅槃経』が存在しており、釈迦というブッダを一人の人間とみる阿含『涅槃経』はスリランカや東南アジア仏教国の人々の思想形成に大きな影響を与え、他方、釈迦も含めたすべてのブッダは永遠の存在であり、実はそれがそのまま私たち自身の姿でもあると唱える大乗『涅槃経』は、日本をはじめとした東アジア仏教国の世界観を形成してきました。

「ブッダの死」という一つの歴史的事件を語る二本の経典が、アジア諸民族のものの見方を左右してきたという事実は、仏教が担ってきた文化創生力の大きさを如実に示す一例でしょう。仏教を学ぶということは、私たちの依って立つ足元の大地を見つめるということ。先々の夢を追って天空を仰ぎ見るのも素敵ですが、時には今ある自分の本質を知るために、足元の地面をじっと見据えることも必要でしょう。多くの方が、仏教の持つ歴史的意義に気付いていただけることを願っています。

読書案内

本書で何度か申しましたように、『涅槃経』には阿含『涅槃経』と大乗『涅槃経』の二系統があります。しかもそれぞれの系統の内部にはさらに何本ものバージョンが存在しており、現存資料はかなりの数にのぼります。たとえば阿含『涅槃経』について言えば、スリランカや東南アジアで今も唱えられているパーリ語のバージョンの他に、漢文に翻訳されたものが数本、古代インド語で残されているものが数本、さらにチベット語に翻訳されたものが一本、という具合です。大乗『涅槃経』についても同じく多数のバージョンが現存していて、一口に「『涅槃経』を読む」と言っても、実際には大変な作業になるのです。

しかしそういった厳密な読解作業とは別に、『涅槃経』のエッセンスを知りたいと希望する方々のためには、すでにたくさんの訳本や解説書が出版されています。ここでは、そういった一般向けでしかも信頼できる本を何点かご紹介しましょう。

内容は三つに分けてあります。第一項目は、阿含『涅槃経』に関する参考書。本書を読んで、ブッダの最期のことばに興味を持たれた方は、ここに挙げた本を入門としてご利用ください。

次の第二項目は、その阿含『涅槃経』も含めた、阿含経典（ニカーヤ）全体に関する参考書です。ブッダの教えを最も色濃く残している阿含経典は、およそ五千本にものぼるお経の集積です。パーリ語や漢文で残るそれらのお経を自力で読むことは難しいのですが、ありがたいことに多くの先人による日本語訳が出ています。ここではそういった、阿含経を現代日本語で読むための情報を挙げました。これらは先に出版した「100分de名著」ブックス『ブッダ　真理のことば』の読書案内でもご紹介したものです。

そして第三項目では、この本の特別章で取り上げた大乗『涅槃経』に関する参考書をご紹介します。日本の仏教にも多大な影響を与えた大乗『涅槃経』ですが、実際に原典から読むとなると深い基礎知識が要求されるため、なかなか実行できることではありません。やはり先人の業績を頼るのが一番です。数ある参考書の中から、使いやすく信頼性の高いものを数点、ご紹介します。

この読書案内を機縁として、読者の皆様がお釈迦様の教えに一層の関心を寄せて下さるなら幸いです。

◉阿含『涅槃経』の日本語訳ならびに解説書

中村元訳『ブッダ最後の旅　大パリニッバーナ経』岩波文庫
中村元『遊行経』上下（『仏典講座』1・2）大蔵出版
『原始仏典』第二巻（長部経典Ⅱ）春秋社
『現代語訳「阿含経典」長阿含経』第一巻、平河出版社
増谷文雄訳『阿含経典3』ちくま学芸文庫
片山一良訳『パーリ仏典　第二期3　長部大篇Ⅰ』大蔵出版
中村元『ゴータマ・ブッダ』〈普及版〉上・中・下、春秋社。この本には、現存する様々な資料や翻訳に関する網羅的な紹介があります。『涅槃経』を元資料から本格的に読んでみたい方にはきわめて有用です。

◉阿含経（ニカーヤ）の日本語訳ならびに解説書

『南伝大蔵経』大蔵出版。今から約七十年前、日本のニカーヤ研究者が総掛かりでつくったニカーヤ全体の邦訳。全六十五巻。今でもオンデマンドで分売していますが、訳は古く、一般向けとは言えません。

中村元訳『ブッダのことば　スッタニパータ』岩波文庫。仏教史上最古の経典「スッタニパータ」の邦訳。ブッダのことばを知りたい人にとっての必読書。

中村元訳『ブッダ　神々との対話　サンユッタ・ニカーヤ1』岩波文庫。中村元訳『ブッダ　悪魔との対話　サンユッタ・ニカーヤ2』岩波文庫。この二冊は、サンユッタ・ニカーヤという経典グループの中から、特に当時の仏教の様子を生き生きと伝える部分を翻訳したもの。

中村元訳『仏弟子の告白　テーラガーター』岩波文庫。中村元訳『尼僧の告白　テーリーガーター』岩波文庫。この二冊は、ブッダの弟子になったお坊さんや尼さんが、自分の人生を振り返り、仏教と出会ったことで生き方がどう変わったかを語る告白集。

中村元・早島鏡正訳『ミリンダ王の問い』全三巻、平凡社（東洋文庫）。ギリシャの哲学者とインド仏教の長老が出会い、互いの思想を戦わせる異色の聖典の日本語訳。解説書として森祖道・浪花宣明『ミリンダ王　仏教に帰依したギリシャ人』清水書院があります。

『原始仏典』春秋社（現在シリーズとして継続出版中）。多くの研究者の協力により、全ニカーヤの現代日本語訳をめざすプロジェクト。

片山一良訳『パーリ仏典』大蔵出版。片山氏が、注釈文献も利用しながら独力で全ニカーヤを現代語訳するプロジェクト。こちらも現在シリーズとして継続出版中。

『現代語訳「阿含経典」長阿含経』全六冊、平河出版社。漢文で伝わっているニカーヤ（阿含）の中でも特に長くて面白い「長阿含経」を厳密に和訳したシリーズ。当代一流の研究者による見事な訳と注。

◉大乗『涅槃経』の日本語訳ならびに解説書

塚本啓祥・磯田熙文校注『新国訳大蔵経　大般涅槃経（南本）』全四巻、大蔵出版
田上太秀『ブッダ臨終の説法　完訳大般涅槃経』全四巻、大蔵出版
横超慧日『涅槃経　如来常住と悉有仏性』平楽寺書店、サーラ叢書26
田上太秀『「涅槃経」を読む　ブッダ臨終の説法』講談社学術文庫
高崎直道『『涅槃経』を読む』岩波現代文庫
高崎直道訳『大乗経典12　如来蔵系経典』中公文庫
『講座・大乗仏教6　如来蔵思想』春秋社
『シリーズ大乗仏教8　如来蔵と仏性』春秋社
『お坊さんも学ぶ仏教学の基礎1　インド編』大正大学出版会
下田正弘『涅槃経の研究　大乗経典の研究方法試論』春秋社。この本は純然たる学術書で、一般向けではありませんが、そこに現時点での大乗『涅槃経』関係の一次資料および先行研究が網羅的に示されていて有用です。

本書は、「ＮＨＫ１００分de名著」において、２０１５年４月に放送された「ブッダ　最期のことば」のテキストを底本として一部加筆・修正し、新たにブックス特別章「二本の『涅槃経』」、読書案内などを収載したものです。

装丁・本文デザイン／菊地信義
編集協力／中村宏覚、福田光一
図版作成／小林惑名
エンドマークデザイン／佐藤勝則
本文組版／㈱ノムラ
協力／ＮＨＫエデュケーショナル

p.1　タイ・バンコク、ワット・ポーの涅槃仏（写真提供／ユニフォトプレス）
p.13　瞑想するスリランカの修行僧
p.47　ブッダが悟りを開いたブッダガヤ
p.73　ブッダが初めて説法を行ったサールナート
p.99、128〜129　ブッダが入滅したクシナーラーの涅槃仏

佐々木 閑（ささき・しずか）

1956年福井県生まれ。花園大学文学部仏教学科教授。京都大学工学部工業化学科、および文学部哲学科仏教学専攻卒業。京都大学大学院文学研究科博士課程満期退学。米国カリフォルニア大学バークレー校留学を経て、現職。文学博士。専門は仏教哲学、古代インド仏教学、仏教史。日本印度学仏教学会賞、鈴木学術財団特別賞受賞。著書に『出家とはなにか』『インド仏教変移論』（以上、大蔵出版）、『日々是修行』（ちくま新書）、『「律」に学ぶ生き方の智慧』（新潮選書）、『NHK「100分de名著」ブックス　ブッダ 真理のことば』『NHK「100分de名著」ブックス　般若心経』（以上、NHK出版）、『ゴータマは、いかにしてブッダとなったのか』（NHK出版新書）、『仏教は宇宙をどう見たか』（化学同人）、『科学するブッダ　犀の角たち』（角川ソフィア文庫）など。共著に『生物学者と仏教学者七つの対論』（ウェッジ選書）。翻訳に鈴木大拙『大乗仏教概論』（岩波文庫）などがある。

NHK「100分 de 名著」ブックス
ブッダ 最期のことば

2016年6月25日　第1刷発行
2020年7月5日　第5刷発行

著者────佐々木 閑 ©2016 Sasaki Shizuka, NHK

発行者───森永公紀

発行所───NHK出版
〒150-8081　東京都渋谷区宇田川町41-1
電話　0570-002-042（編集）　0570-000-321（注文）
ホームページ　http://www.nhk-book.co.jp
振替 00110-1-49701

印刷・製本─廣済堂

本書の無断複写（コピー）は、著作権法上の例外を除き、著作権侵害となります。

落丁・乱丁本はお取り替えいたします。定価はカバーに表示してあります。

Printed in Japan　ISBN978-4-14-081701-8　C0090

NHK「100分de名著」ブックス

ドラッカー　マネジメント……上田惇生
孔子　論語……佐久　協
ニーチェ　ツァラトゥストラ……西　研
福沢諭吉　学問のすゝめ……齋藤　孝
アラン　幸福論……合田正人
宮沢賢治　銀河鉄道の夜……ロジャー・パルバース
ブッダ　真理のことば……佐々木　閑
マキャベリ　君主論……武田　好
兼好法師　徒然草……荻野文子
新渡戸稲造　武士道……山本博文
パスカル　パンセ……鹿島　茂
鴨長明　方丈記……小林一彦
フランクル　夜と霧……諸富祥彦
サン＝テグジュペリ　星の王子さま……水本弘文
般若心経……佐々木　閑
アインシュタイン　相対性理論……佐藤勝彦
夏目漱石　こころ……姜尚中
古事記……三浦佑之
松尾芭蕉　おくのほそ道……長谷川　櫂

世阿弥　風姿花伝……土屋惠一郎
万葉集……佐佐木幸綱
清少納言　枕草子……山口仲美
紫式部　源氏物語……三田村雅子
柳田国男　遠野物語……石井正己
ブッダ　最期のことば……佐々木　閑
荘子……玄侑宗久
岡倉天心　茶の本……大久保喬樹
小泉八雲　日本の面影……池田雅之
良寛詩歌集……中野東禅
ルソー　エミール……西　研
内村鑑三　代表的日本人……若松英輔
アドラー　人生の意味の心理学……岸見一郎
道元　正法眼蔵……ひろさちや
石牟礼道子　苦海浄土……若松英輔
歎異抄……釈　徹宗
ユゴー　ノートル＝ダム・ド・パリ……鹿島　茂
サルトル　実存主義とは何か……海老坂　武
カント　永遠平和のために……萱野稔人